Meister Frantz:

Stille Nacht,

Langfinger lacht

Henker von Nürnberg, Band 12

von Edith Parzefall

Impressum

Copyright © 2021 Edith Parzefall
E-Mail: edith_parzefall@gmx.de
Ritter-von-Schuh-Platz 1
90459 Nürnberg, Deutschland

Lektorat: Marion Voigt, www.folio-lektorat.de
Umschlag und Karten: Kathrin Brückmann
Bild des Schlosses von K. H. J. / MCI auf Pixabay

Alle Rechte vorbehalten.

ISBN-13: **979-8715094483**

Handelnde Personen

Historische Figuren sind kursiv gesetzt. Sie werden in diesem Roman fiktional verwendet, obwohl ich mich weitgehend an die überlieferten Fakten halte. Wie damals üblich tragen alle Nachnamen von Frauen die Endung -in. Die Anrede Frau und Herr für gewöhnliche Leute war noch nicht geläufig.

Meister Frantz Schmidt: der Nachrichter, also Henker von Nürnberg.
Maria Schmidtin: Ehefrau von Frantz, auch als Henkerin bezeichnet.
Frantz Stefan, Marie, Rosina und Jorgen Schmidt: Kinder von Frantz und Maria.
Augustin Ammon: der ehemalige Löwe, wie man den Henkersknecht in Nürnberg nannte.
Klaus Kohler: Nachwuchslöwe und Sohn von **Agnes Kohlerin**.
Bernadette Kohlerin: Ehewirtin von Klaus Kohler und Magd von Meister Frantz.
Maximilian (Max) Leinfelder: Stadtknecht und Ehewirt der heimlichen Kundschafterin **Katharina (Kathi) Leinfelderin**, Vater von Ursel Leinfelderin.
Hieronymus Paumgartner: Vorderster Losunger und Hauptmann der Reichsstadt Nürnberg.
Andreas II. Imhoff: Ratsherr, Schöffe und zweiter Hauptmann sowie Losunger mit Suspens, das heißt, er muss vorläufig nur im Notfall dieser Aufgabe nachkommen und darf weiterhin seine Geschäfte führen.
Julius Geuder: nach dem Tod von **Bartholomäus Pömer** frisch ernannter dritter Hauptmann und Ratsherr.
Hans Nützel, Christoph Tucher, Hans Wilhelm Löffelholz: Kaufleute, Stadträte und Lochschöffen.
Paul Pfinzing: Kaufmann, Ratsherr und Kartograf.
Magdalena Paumgartnerin: Frau des Kaufmanns **Balthasar Paumgartner** und Mutter von **Balthasla**.

Laurenz Dürrenhofer: Lochschreiber, der in diesem Band durch Abwesenheit glänzt.

Eugen Schaller unterstützt von seiner Frau **Anna Schallerin:** Lochhüter, liebevoll auch Lochwirt genannt; oberster Aufseher im Lochgefängnis.

Benedikt, Zacharias: Lochknechte, also Wächter im Lochgefängnis.

Pangratz Baumgartner: Zirkelschmied und Kompassmacher.

Herta Sattlerin: Tante von Pangratz.

Ferdl Hinterseer: Lumpensammler.

Apollonia Hofferin: Der Hexerei verdächtigte Maid aus der Pflegschaft Lichtenau.

Christoph Scheurl: Bannrichter der Reichsstadt Nürnberg.

Karte von Nürnberg

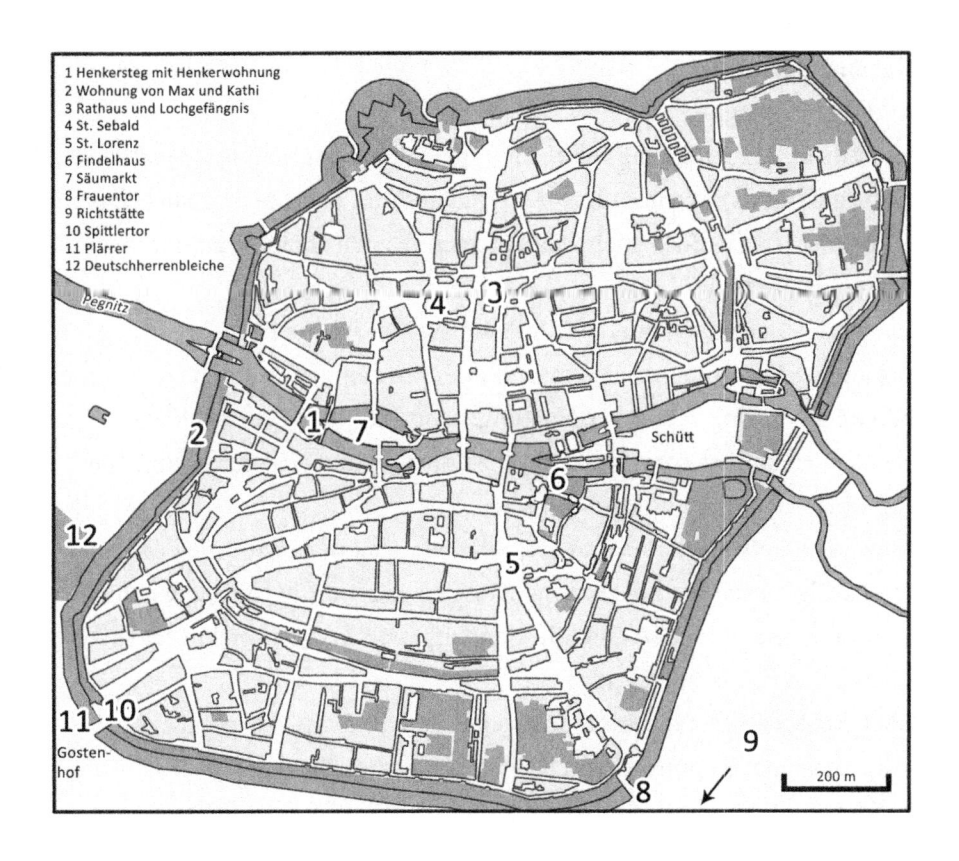

1 Henkersteg mit Henkerwohnung
2 Wohnung von Max und Kathi
3 Rathaus und Lochgefängnis
4 St. Sebald
5 St. Lorenz
6 Findelhaus
7 Säumarkt
8 Frauentor
9 Richtstätte
10 Spittlertor
11 Plärrer
12 Deutschherrenbleiche

Glossar

Atzung: Geld, das Gefangene für ihre Kost bezahlen mussten.
Garaus: Torschluss.
Keuche: Gefängniszelle.
Knollfink: Beschimpfung für einen tölpelhaften oder dummen Menschen.
Loch(gefängnis): Verlies unter dem Rathaus, das als Untersuchungsgefängnis diente. Hier wurden auch Delinquenten festgehalten, die auf ihre Hinrichtung warteten.
Lochwirt: Lochhüter, oberster Gefängniswärter im Loch.
Losunger: Der vorderste Losunger war der mächtigste Mann der Stadt, zuständig für Finanzen und Verteidigung, da er gleichzeitig einer der drei obersten Hauptleute war. Unterstützt wurde er vom zweiten Losunger und von Mitarbeitern in der Losungsstube.
Löwe: Henkersknecht. Es gibt verschiedene Theorien dazu, wie der Henkersknecht zu seinem Spitznamen kam, den es so nur in Nürnberg gab, allerdings überzeugt keine so recht. In Bamberg hieß der Henkersknecht beispielsweise Peinlein.
Nachrichter: So wurde der Scharfrichter in Nürnberg und in anderen Gebieten genannt, da er nach dem Richter seines Amts waltete.
Policey: Gesellschaftliche Ordnung, meist wurde das Wort in Zusammenhang mit guter Policey verwendet.
Prisaun: Gefängnis, meist zur kurzfristigen Verwahrung von Delinquenten. Im **Närrischen Prisaun** wurden Geisteskranke verwahrt, die für sich oder ihre Umwelt eine Gefahr darstellten.
Saflor: Färberdistel. Saflorfarbene, also hautfarbene Strümpfe und Hosen waren zu dieser Zeit gerade sehr in Mode, besonders auch bei wohlhabenden Studenten in Altdorf beliebt.
Torquieren: foltern, martern, peinlich befragen.
Tummel: Alkoholrausch.
Urgicht: Geständnis.

Die Himmelsrichtungen wurden damals nach Sonnenstand bezeichnet, was sich bis heute in Begriffen wie Morgenland und Abendland erhalten hat:
Mitternacht: Norden.
Morgen: Osten.
Mittag: Süden.
Abend: Westen.

Kalender alten Stils: Julianischer Kalender, der in protestantischen Gebieten weiter verwendet wurde, nachdem Papst Gregor XIII. im Jahr 1582 den neuen Kalender eingeführt hatte. Zur Zeit dieses Romans lag der julianische Kalender zehn Tage zurück, inzwischen sind es bereits dreizehn Tage.

Prolog

Nürnberg am Freitag, den 16. Juli 1591

Maria Schmidtin schrie aus Leibeskräften. Warum wurde es nicht leichter, weniger schmerzhaft? Kathi drückte ihre Hand ganz fest, doch davon spürte sie kaum etwas, bis die Wehe allmählich nachließ. Sie holte tief Luft. Die sechste Geburt, da sollte sie sich wirklich nicht so anstellen. Ach, warum sträubte sich das Kindlein so sehr? »Hat es sich gedreht?«, fragte sie.

»Noch nicht, aber du machst das gut, Maria«, sagte die Hebamme. »Dauert bestimmt nicht mehr lange.«

Die Schoberin hatte leicht reden! »Wird bestimmt ein Bub. Die sind doch immer viel fauler und lassen sich gern Zeit«, seufzte Maria.

Die Hebamme lachte. »Es gibt auch welche, die können es gar nicht erwarten, auf die Welt zu kommen und alles Mögliche anzustellen.«

»Frantz ist wirklich fort?«, fragte Maria ihre Magd Bernadette, solang sie noch Atem zum Sprechen hatte. Die Wehen kamen jetzt ziemlich kurz hintereinander, und doch lag das Kindlein nicht richtig.

Bernadette nickte. »Schon lange. Steht unten auf dem Säumarkt und wird von drei stattlichen Kerlen bewacht.«

Maria lächelte bei dem Gedanken. »Niemand darf ihm verraten, dass es so schwierig ist.«

»Versprochen. Sonst ist er beim nächsten Mal gar nicht von dir fortzukriegen.«

Die Schoberin drückte an ihrem Bauch herum. »Na los, du willst doch auf die Welt kommen. Pah, es hat nach meiner Hand getreten.«

Hauptsache, das Kindlein lebte! Da ging es schon wieder los. Ihr ganzer Leib zog sich zusammen. Bestimmt gellten ihre Schreie bis hinunter zu ihrem Mann. Wie es wohl wäre, wenn er hier sein dürfte, an ihrer Seite? »Aaaaahh!« Von Neuem ein unendlich langer Moment des Schmerzes. Als sie wieder aus dem Nebel auftauchte, waren noch mehr Freundinnen und Nachbarinnen im Raum. Was wollten die nur alle hier? »Ach, Walburga, du bist auch eigens von Mögeldorf gekommen?«

»Freilich, war ein schöner Spaziergang. Der Friedl ist auch da und kümmert sich um deinen Mann.«

»Dann sind's schon vier Bewacher.« Lächelnd wischte Kathi ihr Stirn und Gesicht mit einem kühlen Lappen ab. »Was musst du auch in der heißesten Zeit des Jahres gebären, meine Liebe?«

»Wart nur, bis ich wieder auf den Beinen bin.«

»Bald, Maria.«

»Wird's nicht schon Zeit für den Gebärstuhl, Schoberin?«

Die Hebamme schüttelte den Kopf. »Das dauert noch. Du musst dich noch mehr weiten. Bis dahin haben wir hoffentlich das Kindlein gedreht.«

Besorgt sah sich Maria nach Bernadette um, der jüngsten unter ihren Helferinnen. Die stand auf der anderen Seite des Betts und wirkte ziemlich verschreckt.

»Sieht schlimmer aus, als es ist«, versuchte Maria, die Maid zu beruhigen.

»Das sagst du jetzt, und wenn die nächste Wehe kommt, schreist du wieder wie am Spieß.«

»So fühle ich mich dann auch«, musste sie zugeben. »Ach, Bernadette, wenn der Klaus heut nicht das Maul aufmacht, dann suchst du dir einen anderen.«

Die Maid zog die Mundwinkel nach unten. »Ich glaub, ich hab's gar nicht mehr so eilig.«

Agnes Kohlerin tätschelte Bernadettes Arm. »Heut traut sich mein Sohn bestimmt. Der Augustin wird schon dafür sorgen.« Dann lächelte sie versonnen. »Wart nur, bis das Würmchen auf der Welt ist, dann willst selber eins.«

»So, ich bin auch da!«, rief die Huberin. »Hab nur noch einen Drudenfuß besorgt und über die Tür gehängt. Jetzt versenk ich noch das Figürlein von der Margareta von Antiochien in der Pegnitz, dann schlüpft dir sicher kein Dämon ins Kindlein!«

Maria wollte schimpfen und ihr sagen, sie solle mit dem abergläubischen Unfug aufhören, doch da setzte die nächste Wehe ein. Und was konnte es schon scha– »Aaaaaah...«

Gab es denn kein Amulett, das man sich auf den Bauch legen konnte, damit sich das Würmchen drehte und brav herausrutschte?

* * *

Frantz Schmidt blickte in drei standhaft unbewegte Gesichter, während hundserbärmliche Schreie aus dem Henkerhaus zu ihnen herunterwehten. Max Leinfelder starrte lieber auf die Pegnitz hinaus, den Rücken ihnen zugewandt, doch allseits bereit, ihn abzufangen, falls Frantz versuchte, ins Haus zu seiner Frau zu gelangen.

»Das ist das Einzige, was du noch lernen musst, Klaus«, flüsterte sein ehemaliger Knecht Augustin dem jungen Klaus Kohler zu, der die Stelle des Henkersknechts vor etwa zwei Jahren übernommen hatte.

»Ich werd's nie verstehen«, brummte Frantz.

»Was denn?«, fragte der frisch dazugekommene vierte Wächter Friedrich Reichart, der eigens seine Frau Walburga zur Niederkunft von Maria begleitet hatte, um ein Auge auf Frantz zu haben. Die reinste Verschwörung.

»Warum Männer nicht bei der Geburt ihrer Kinder dabei sein sollen.«

Reichart schnaubte, doch es klang eher belustigt als verächtlich. »Ihr seid vermutlich der Einzige weit und breit, der sich das wünscht.«

Wenn die wüssten ... Frantz hatte schon einmal heimlich einem Kind zur Welt geholfen, ein gesundes Maidlein, das die Mutter nach ihm Franziska genannt hatte. Er lächelte unwillkürlich, bis ihm der nächste Schrei aus dem Munde seines gepeinigten Weibs das Mark in den Knochen gefrieren ließ. »Ich bin nicht nur Henker, sondern auch Heiler. Ich könnte ihr helfen, zumindest Mut zusprechen, ihre Hand halten.«

Nun wandte sich auch Max zu ihnen um und lächelte nachsichtig. Der Stadtknecht hatte ihn im Lochgefängnis eingesperrt, als Maria zum zweiten Mal niederkam. Oder war es bei Jorgens Geburt?

»Darum kümmern sich unsere Weiber schon, Meister Frantz«, sagte Max. »Und bestimmt besser, als Ihr das könntet.«

»Du hast leicht reden«, brummte Frantz. Kathi hatte nur ein Kind zur Welt gebracht, und daran konnte Max sich vermutlich kaum noch erinnern.

Augustin schlug ihm auf den Rücken. »Gehen wir ein Stück, Frantz. Es hilft ja nichts, wenn du sie schreien hörst, aber doch nichts tun kannst.«

»Weil ihr mich nicht lasst!«, maulte er.

»Packt an«, sagte Augustin. »Es wird Zeit.«

Verdutzt sah Frantz ihn an. »Was?«

Da ergriff Klaus seinen einen Arm und Max den anderen.

Augustin feixte. »Gehst freiwillig mit, Frantz?« Alt war der einstige Löwe geworden, Bart und Haupthaar fast schlohweiß mit wenigen dunklen Strähnen. Erstaunlicherweise waren die Augenbrauen immer noch so schwarz wie eh und je.

Wieder ertönte ein Schrei, der Frantz das Blut in den Adern gerinnen ließ. Das war schon Marias sechste Entbindung, und trotzdem sorgte er sich um sie. Sehnsüchtig schaute er zu seiner Brückenwohnung über dem nördlichen Arm der Pegnitz. »Können wir nicht wenigstens in der Nähe bleiben, nur für den Fall?« Sein Weib war schließlich nicht mehr die Jüngste, schon Mitte vierzig.

Augustin blieb hart. »Vergiss es, Frantz, du quälst dich ganz umsonst. Gehen wir.«

Aus schierem Trotz bewegte sich Frantz erst, als sie an ihm zerrten. Auf dem Säumarkt war im Sommer zum Glück wenig los, weil die Tiere wegen des Gestanks vor den Stadtmauern gehalten wurden. Er hatte sich auch zwei Schweine zugelegt. Es lohnte sich bei immer mehr Kindern im Haus, und Jorgen mit seinen sieben Jahren aß mehr als die Mädel zusammen.

»Stellt Euch nicht so an«, beschwerte sich Max. »Wir gehen doch nur zur Fetten Gans, weil uns im Augenblick sonst niemand füttern kann.«

»Wer soll mich da finden, wenn was ist?«

»Essen müsst Ihr, und unsere Frauen wissen Bescheid.«

Wolf Neubauer, der Wirt der Fetten Gans, begrüßte ihn überschwänglich. »Meister Frantz, welch seltene Ehre! Auf dem Richtplatz sieht man Euch auch kaum noch, da freu ich mich umso mehr.«

Frantz rang sich ein Lächeln ab. »Meine Frau kommt nieder. Mein Haus ist voller Weibsvolk, aber zu essen krieg ich da nichts.«

Neubauer grinste über beide Ohren. »Die Kathi ist bestimmt auch dabei.«

»Freilich, und so hoffen wir bei Euch auf eine Mahlzeit.«

»Als hätte ich's geahnt, gibt's heut Fasan.«

Frantz konnte sich die Worte nicht verkneifen: »Man könnt meinen, ein Vöglein hat Euch gezwitschert, dass heut noch ein hungriger Henker bei Euch auftaucht.«

Neubauer feixte. »Fürwahr, das könnt man meinen.« Mit diesen Worten eilte er zur Küche, und sie setzten sich an den Tisch bei der Tür zum Hinterhof, wo ihn nicht gleich jeder Gast sehen konnte. Es war schon spät für ein Mittagsmahl, deshalb waren nur zwei Tische besetzt, der guten Kleidung nach zu schließen wohl Händler auf der Durchreise. Dann erkannten sie ihn sowieso nicht als den Henker von Nürnberg. Frantz betrachtete seine Freunde und nickte. »Ich dank Euch, dass Ihr mich in Zaum haltet. Und hier ist es doch wesentlich gemütlicher als im Loch.« Er zwinkerte Max zu, der prompt grinste, ohne sich auch nur den Anschein von Reue zu geben.

Da räusperte sich Klaus, sah sich um und verstummte. Der Schankknecht stand neben ihm und fragte: »Bier für alle, oder darf's Wein sein?«

Die anderen wollten Bier, doch Frantz schüttelte den Kopf. »Bringst mir einen Kräutertrank, am besten mit zerriebener Baldrianwurzel drin?«

»Himmel, das hab ich auch noch nicht erlebt. Seid Ihr krank?«

Frantz schüttelte nur den Kopf.

»Ich frag den Koch.«

Der kam nur Augenblicke später aus der Küche an ihren Tisch geschlurft. »Meister Frantz, das ist mir jetzt sehr unangenehm …«

»Macht der Baldrian zu viel Umstände?«

»Ähm.« Verlegen sah er sich um. »Eigentlich nicht, aber wir haben keinen.«

»Ich könnt von daheim welchen hohlen.« Frantz wollte schon aufstehen, da legte sich Augustins Hand wie ein Schraubstock um seinen Arm.

Er seufzte etwas übertrieben. »Schon gut, ich nehm auch ein Bier.«

»Ist recht, der Fasan kommt auch gleich.«

Frantz redete sich selbst gut zu. Noch nie hatte es bei der Geburt eines seiner Kinder ernste Probleme gegeben, und doch …

Klaus rutschte unruhig auf dem Stuhl herum. »Jetzt wo ich die beiden Männer am Tisch sitzen hab, die hier in Nürnberg mehr oder weniger Verantwortung für Bernadette tragen …« Röte stieg dem Burschen ins Gesicht.

Das klang rätselhaft.

Friedrich Reichart warf die Stirn in Falten. »Du kennst meine Nichte schlecht, wenn du denkst, die lässt sich von mir oder Meister Frantz dreinreden, wenn sie sich was in den Kopf gesetzt hat.«

Klaus holte tief Luft. »Das nicht. Ich hab mich ungeschickt ausgedrückt, aber ihr beiden vertretet so was wie die Vaterstelle bei ihr. Also, hier in der Stadt.«

Da dämmerte Frantz, worauf sein Knecht hinauswollte. So recht begeistern konnte er sich allerdings nicht dafür.

»Sprich schon«, drängte Friedl. »Man könnt meinen, du bist als Kind auf den Kopf gefallen.«

Klaus wischte sich die Hände an seinen Hosenbeinen ab.

Frantz grinste Friedl an. »Mach's ihm nicht so schwer.«

»Was, wie?« Verdutzt sah Bernadettes Oheim ihn an, doch Frantz meinte, einen Schalk in dessen Zügen zu bemerken.

Der Schankknecht stellte die vier Humpen Bier auf den Tisch, blickte kurz in die Runde, weil alle verstummt waren, dann eilte er davon.

Augustin stieß seinen Nachfolger mit dem Ellbogen an. »Jetzt frag schon, gleich kommt's Essen.«

»Ich möcht euch bitten, dass ich die Bernadette heiraten darf, obwohl ich nur ein einfacher Henkersknecht bin.«

Friedl schürzte die Lippen, aber Klaus plapperte schnell weiter: »Und obwohl ich ihr nicht viel zu bieten hab außer einer wunderschönen Behausung und netten Nachbarn und wahrscheinlich Arbeit bis ins hohe Alter und … und …«

Da lachte Friedl. »Die Bernadette will dich zum Mann nehmen?«

Jetzt strahlte der Bursche. »Ja. Ich hab sie schon vor zwei Wochen gefragt, aber sie hat gemeint, wir sollten warten, bevor wir jemandem was davon erzählen. Bis die Maria niederkommt, damit's vorher keine Unruh gibt.«

Was für ein vernünftiges Weib, dachte Frantz. Und leider über kurz oder lang wohl nicht mehr seine Magd. Laut sagte er: »Mir ist es lieber, sie heiratet dich als sonst einen, der sie womöglich fortbringt.«

»Geht mir ähnlich«, antwortete Friedl. »Und so eine wichtige Entscheidung trifft das Mädel sowieso selber. Alt genug ist sie mit bald vierundzwanzig Jahren, aber ihre Eltern musst du natürlich trotzdem fragen.«

Eifrig nickte Klaus. »Freilich, die Schwiegerleut muss ich ja auch kennenlernen. Wobei ich den Vater schon mal kurz getroffen hab, wie er in Nürnberg Zeug eingekauft hat.«

Friedl grinste. »Selten genug machst du das Maul auf, aber dann sprudelt es nur so aus dir raus.«

»Weil ich so aufgeregt bin.« Vorsichtig lächelte Klaus. »Dann habt ihr nichts dagegen?«

Friedl hob den Krug und streckte ihn Klaus entgegen. »Auf dich und Bernadette.«

Frantz, Max und Augustin stießen ebenfalls mit ihm an.

Bald brachten der Koch und eine Magd die Platten mit Essen. Der Duft versöhnte Frantz mit seiner Verschleppung. Überhaupt war er zufrieden, in fröhlicher Gesellschaft warten zu dürfen, bis Maria noch ein Kindlein in die Welt setzte. Die Frauen kümmerten sich bestimmt gut um sie. So viele Freundinnen und Nachbarinnen hatte sich diesmal um sein Eheweib geschart wie nie zuvor. Bestimmt genossen nur wenig Henkerinnen so viel Achtung, und die hatte sich Maria wahrlich verdient. Er musterte seine schmatzenden Freunde und lächelte. »Ich dank euch und gelobe Besserung.«

»Ja, ja«, brummte Augustin. »Bis zur nächsten Geburt.«

* * *

»Es dreht sich!«, rief die Hebamme. »Drück, Maria, drück!«

Endlich! Maria meinte zu zerreißen, doch es kam. Im Verebben ihres Schreis hörte sie den des Kindleins. Eine Woge der Erleichterung überflutete sie. Um Luft ringend lauschte sie. Es war vorbei, alles gut gegangen. »Es ist gesund, ja?«, fragte sie und wunderte sich, wie matt ihre Stimme klang. Dabei kam ihr das Erlebte nun gar nicht mehr schlimm vor.

»Ja, ein feines Büblein hast du zur Welt gebracht. Irgendwie weißt du immer kurz vor der Geburt, was es wird«, sagte die Hebamme und legte ihr das notdürftig gesäuberte Kindlein an die Brust. Es hatte bereits einen Schopf Haare, noch zu feucht, um die Farbe zu verraten. So winzig! So schrumpelig. Maria strahlte Bernadette an. »Das war es wert.«

Kathi legte einen Arm um die Maid und sagte: »So ist sie immer. Erst schreien und schimpfen, dann benimmt sie sich, als hätt sie grad das größte Glück erfahren.«

»Das ist es auch, das größte Glück. Wo bleibt Frantz? Er soll doch sein Söhnlein sehen.«

»Die Kobler-Tochter ist schon zur Fetten Gans unterwegs.« Kathi strich dem Kind über die Wange. »Ich glaub, der gerät mehr nach deinem Mann.«

»Das lasse ich mir gefallen. Frantz Stefan soll er heißen.«

»Aber rufen werden wir ihn lieber Stefan, sonst gerät uns dein Mann ganz durcheinander.«

»Oder Frantzl. Mit Marie geht das auch ganz gut. Holt jemand die Kinder?« Auch wenn sie noch ganz benommen war, wollte sie sich um alles Nötige kümmern.

»Später, du brauchst noch etwas Ruhe«, erklang denn auch Kathis Urteil. »Komm, wir helfen dir ins Bett.«

»Moment«, widersprach die Schoberin. »Warten wir, bis die Nachgeburt herauskommt, sonst wird nur das ganze Bett versaut.«

Maria war das alles einerlei, solang es dem Stefla gut ging. Ja, so wollte sie ihn nennen. Lange musste sie nicht warten, und es drückte auch das schleimige Zeug aus ihr heraus.

»So ist's recht«, verkündete die Hebamme. »Jetzt legst du dich wieder hin, und dann wird es Zeit, dass der Hausherr uns für unsere Mühen ordentlich bewirtet.«

Maria musste sich zwingen, Kathi das Kindlein zu geben. Dann kroch sie, gestützt von vielen Armen ins Bett. »Ich dank euch für alles.«

»Lasst mich durch!«, rief Frantz.

In seiner Stimme schwangen Angst und Aufregung mit. Die Frauen wichen zur Seite. Frantz stand in der Tür. Wie gebannt schaute er zu ihr her, als fürchtete er immer noch um ihr Leben. Dann überreichte Kathi ihm den Stefla, und sein Gesicht leuchtete auf. Die Augen funkelten, das zaghafte Lächeln wurde immer breiter. Sein Blick wich nicht von dem neuen Leben in seinen Armen, während er sich auf sie zubewegte. Dann setzte er sich neben Maria auf die Bettkante und legte ihr Stefla an die Brust. Sie schob das Kindlein etwas zurecht, damit es trinken konnte.

Voller Liebe und reinster Glückseligkeit blickte er ihr tief in die Augen, als könnte er kaum glauben, dass sie noch so ein Wunder vollbracht hatte. Dann küsste er sie sanft auf die Lippen. »Du bist wunderbar. Er hat sogar schon ganz viele Haare.« Frantz zupfte an einer Strähne. »Länger als seine Finger.«

Maria lachte. »Hauptsache, er hat noch keine Zähne, sonst würdest du mich schon wieder schreien hören.«

Kapitel 1:
Glückliche Fügung

Nürnberg am Freitag, den 19. November 1591

Frantz Schmidt genoss das wohlige Gefühl in der Brust, während er Maria dabei zuschaute, wie sie ihren jüngsten Sohn wusch. Der Nabel war inzwischen gut verheilt, und in Steflas Gesichtlein zeichneten sich lebhaft allerlei Regungen ab, Überraschung, Wohlbefinden, Freude, Unmut, Neugier. Die dunkelblauen Augen betrachteten alles mit größter Aufmerksamkeit, wie es schien. Außerdem hatte das Würmchen mit seinen gut vier Monaten das Henkerhaus fest in seinem winzigen Griff. Alles drehte sich um Frantz Stefan, dessen Schwestern es Maria allerdings möglichst schwer machten, überhaupt irgendetwas zu erledigen. »Wollt ihr nicht draußen herumtollen?«, fragte sie. »Heute scheint sogar die Sonne.«

»Nein!«, stieß Rosina bestimmt hervor. Mit ihren bald fünf Jahren spielte sie sich auf wie die Herrin des Hauses und behandelte ihre kleine Schwester wie eine Magd, Stefan hingegen wie einen Prinzen. Nur Jorgen war mit seinen siebeneinhalb Jahren klug genug, um dem ganzen Theater aus dem Weg zu gehen.

»Wo ist eigentlich unsere Magd?«, fragte Frantz und spähte in die Küche, aus der keine Geräusche zu hören waren. Da Maria nicht antwortete, trat er zurück ins Kinderzimmer – einst sein Behandlungszimmer – und sah sein Weib fragend an.

Maria setzte ein zerknirschtes Gesicht auf, das jedoch nicht ganz echt wirkte. Nach einem gedehnten Seufzer sagte sie: »Irgendwann musst du es ja doch erfahren.«

Verwirrt fragte er: »Du hast Bernadette doch nicht etwa jetzt schon aus dem Dienst entlassen, nur weil sie verheiratet ist? Eine bessere Magd hatten wir noch nie!«

Maria räusperte sich. »Sie ist ja schon ein paar Monate verehelicht ...« Sie wickelte Stefan in ein Tuch und wiegte ihn in ihren Armen. Dann sah sie Frantz verschmitzt an. »So etwas passiert nicht nur uns.« Sie küsste Stefans kahlen Schädel. Erst vor ein paar Wochen waren ihm die dunkelblonden Haare alle ausgefallen.

»Was meinst du?«, fragte er, obwohl ihn eine schreckliche Ahnung beschlich.

»Bernadette ist heute zur Hebamme gegangen, nachdem sie schon sechs Wochen überfällig ist.«

Bevor er einen klaren Gedanken fassen konnte, stieß er hervor: »Oh nein, dann stehen wir mit vier Kindern ohne Magd da?«

»Jetzt tu nicht so, wir finden schon eine neue. Und eine Weile bleibt uns Bernadette noch erhalten.«

Seufzend ging er in die gute Stube und überlegte, wo er eine Magd finden sollte. »Bernadette ist aber noch nicht zurück ... Ist alles noch ungewiss?«, rief er über die Schulter, sich an den Strohhalm klammernd.

»Richtig, und in den ersten Monaten kann sowieso noch viel passieren.«

Dann wollte er lieber abwarten. Langsam wich der Schreck aus seinen Knochen. Er trat ans Fenster, um es zu öffnen, da pochte es an der Tür. Max Leinfelder in Stadtknechtstracht stand davor und schob Jorgen am Genick in die Stube. »Den Bengel hier hab ich erwischt. Ich glaub, der gehört Euch.«

Frantz stöhnte. »Herr im Himmel, hilf. Was hat er angestellt?« Finster funkelte er seinen Sohn an, doch der brach in wildes Gelächter aus. Hatte der Bub den Verstand verloren?

Auch Max grinste. »Nur ein Spaß, Meister Frantz. Der Lümmel ist gelangweilt durch die Straßen geschlendert und mir dann einfach nachgelaufen. Unerhört, so was.«

Frantz lachte auf. »Da bin ich euch beiden schön auf die Leimrute gegangen. Danke, dass du den Schelm heimbringst, bevor er doch Unfug anstellt.«

»Ich war sowieso auf dem Weg zu Euch. Ihr werdet im Rathaus gebraucht. Eine Apollonia Hofferin wird der Hexerei bezichtigt.«

Schon verflog der kurze Moment der Erleichterung wieder. »Maria, ich muss weg!«, rief er ins Kinderzimmer und schlüpfte in seine warme Joppe und die festen Stiefel. Während er mit Max die Außentreppe hinunterstieg, fragte er: »Was soll sie getan haben?«

»Ich weiß es nicht genau, aber sie ist aus der Pflegschaft Lichtenau hergebracht worden.« Er gluckste. »Der Pfleger hat die Bezichtigte gleich in den Gefängniswagen gepackt, weil er ein Weib unter Hexereiverdacht nicht länger als nötig in seinem Prisaun haben wollt. Die Klägerin und zwei Nachbarn hat er auf einem Fuhrwerk herbringen lassen, damit der Fall möglichst schnell behandelt werden kann.«

»Lichtenau? Das ist verflucht nah bei Ansbach. Die ganze Pflegschaft ist umgeben von markgräflichem Gebiet, da wundert es mich nicht, dass der Mann besonders vorsichtig ist.«

»Ach so, und ich Dummbartel hab gedacht, der fürchtet sich so arg vor Hexen. Dabei war das ganz vernünftig. Hätte der Markgraf die Frau bei irgendwas Verdächtigem erwischt ...« Max schüttelte sich. »Über die genauen Vorwürfe weiß ich nichts, aber der Rat will Euch dabeihaben, weil sie zauberische Tränke gemischt haben soll. Und das könnt Ihr besser beurteilen.«

Auf dem Säumarkt drängten sich die Schweine in den Pferchen aneinander, um sich vor der Kälte zu schützen, dabei war es noch recht mild für diese Zeit des Jahres. Der wenige Schnee, der bisher gefallen war, schmolz, sowie er den Boden berührte.

Im Sonnenschein nach den tristen Tagen der vergangenen Wochen begegneten ihnen ungewöhnlich viele heitere Gesichter. Einige Leute grüßten sogar freundlich, statt lediglich unter den Hüten hervor etwas Unverständliches zu brummen.

Max erklärte: »Hans Nützel ist derzeit Lochschöffe, ich weiß gar nicht, wer noch. Er erwartet Euch jedenfalls im Loch. Vielleicht schaue ich später noch einmal bei Euch vorbei. Bin ja doch neugierig.« Er kratzte sich die Wange, dass die dunklen Barthaare knisterten. »Eure letzte Hinrichtung ist auch schon Monate her.«

Frantz nickte. »Im Juni, Mathes Lenger und Wolff Lenckher.«

»Richtig, den hat wer bis auf die Strümpf ausgezogen.«

»Wer das war, habt ihr nie herausgefunden, oder?«, fragte Frantz ohne viel Hoffnung.

»Leider nein, hat auch keine Zeugen gegeben, keine Hinweise auf die frevelhaften Schurken.« Max verzog den Mund. »Dass es die Leute nicht graust, einem Erhängten das Gewand zu stehlen.«

»Solang er noch frisch ist ...«, rutschte Frantz heraus, und Max schüttelte sich noch einmal.

Auf dem Weinmarkt trennten sich ihre Wege. Der Stadtknecht winkte, bevor er in Richtung Gerberviertel abbog.

Frantz begab sich direkt zum Lochgefängnis unter dem Rathaus. Mit der Faust hämmerte er gegen die schwere Tür.

Es dauerte, bis der Lochwirt persönlich öffnete. »Ah, Meister Frantz. Die Hex wartet schon auf Euch.«

»Schöffe Nützel auch?«

»Nein, der hat wieder ins Rathaus müssen, aber er hat kurz mit der Bezichtigten geredet. Bestimmt spricht er jetzt mit den Zeugen.«

»Dann darf ich allein mit ihr reden?«

»Ja, hat der Schöffe ausdrücklich erlaubt. Ich soll allerdings dabei sein, wegen dem Anstand und zu Eurem Schutz.« Eugen Schaller grinste. »Fesch ist sie, aber gefährlich kommt sie mir nicht vor.«

Sie stiegen die buckligen Steinstufen hinunter ins unterirdische Gewölbe. Frantz wollte sich zur Verhörkammer wenden, da meinte Schaller: »Wir haben sie wieder in ihre Keuche gebracht, weil wir nicht gewusst haben, wie lange es dauert, bis Ihr kommt.«

»Auch recht.« Frantz musste in den schmalen, niedrigen Korridoren den Kopf einziehen. »Ihr solltet die Gänge etwas breiter machen lassen. Die Steinmetze haben jetzt in der kalten Jahreszeit eh nicht viel zu tun.«

»Damit die Gefangenen sich durch den Sandstein aus den Zellen herauskratzen?«

»Ihr übertreibt, Schaller.«

Der Lochwirt schabte mit dem Schlüssel an der Wand herum, dass der Sand nur so rieselte. »Etwas Zeit und Mühe kostet es schon, aber selbst mit einem Löffel lässt sich was ausrichten.« Schmunzelnd öffnete er die Keuche, steckte die Fackel in eine Wandhalterung und sprach: »Apollonia Hofferin, der Henker hat jetzt Zeit für dich.«

Frantz trat ein und beobachtete aufmerksam die Reaktion der Beschuldigten.

Sie sprang sogleich auf, wirkte überhaupt nicht eingeschüchtert, eher hoffnungsvoll. »Endlich, Meister Frantz! Ihr versteht wenigstens etwas davon.«

»Wovon?« Warum sprachen heute alle Weiber in Rätseln?

»Na, von Kräutern.«

Frantz wies auf die Pritsche, von der sie aufgesprungen war, und hockte sich auf die an der gegenüberliegenden Wand. »Erzähl mir mehr.«

Schaller trat zurück in den Gang, ließ die Tür jedoch offen.

Apollonia atmete tief durch. »Wo anfangen? Ich war Magd beim Kräuterweib in Immeldorf. Von der Küfferin hab ich viel über die Heilwirkung von allerlei Pflanzen gelernt, durft ihr auch beim Kräuter sammeln und Tränke brauen helfen, weil sie immer gebrechlicher geworden ist. Allerlei Salben haben wir auch gemacht. Inzwischen ist die Gute gestorben. Und nun kommen die Leut halt zu mir, wenn sie irgendwas plagt.« Sie hielt inne, musterte ihn.

Frantz nickte. »Sprich weiter. Was hat dich in den Verdacht der Hexerei gebracht?«

»Die Büchelbergerin, ein garstiges Weib, ist zu mir gekommen und wollte einen Liebestrank, weil ihr Mann sie nicht mehr anrührt. Wie ein Liebestrank funktionieren soll, weiß ich wirklich nicht. Aber ich hab mir gedacht, weil sie immer so zänkisch ist, will ihr Mann nichts mehr von ihr.«

Frantz entfuhr ein Lachen. Die Maid hatte Verstand.

»Was? Kann doch sein, oder nicht?«

»Wie alt bist du?«

»Neunzehn und ledig, aber trotzdem, wenn man so gar nicht nett zueinander ist, könnt das mit den ehelichen Pflichten doch auch lästig werden …«

Frantz verkniff sich ein Grinsen. »Das mag sein, aber da kann ich zum

Glück nicht mitreden. Mein Weib ist sehr nett, solang sie keinen Grund hat, grantig zu werden. Was hast du gemacht?«

»Na ja, ich hab mir gedacht, ich geb ihr was, das sie besänftigt, beruhigt, ein bisserl netter macht.«

»Interessant, und was hast du genommen?«

»Hopfen, Johanniskraut und Pfefferminz.«

»Wieso Pfefferminz?« Das war ungewöhnlich.

»Wegen dem Geschmack und ... weil sie einen schlechten Atem hat.«

Frantz konnte diesmal ein Grinsen nicht unterdrücken, riss sich jedoch schnell wieder zusammen. Es musste schließlich einen Grund geben, dass die Maid im Gefängnis saß. »Du kennst dich aus. Für ihren Mann hast du nichts gemischt?«

»Doch, einen Krug Branntwein mit Petersilie, Kardamom und Rosmarin. Das macht munter und fröhlich.«

»Gute Wahl, aber sag, warum bist du hier, wenn du niemandem geschadet hast?«

Apollonia holte tief Luft und stieß die Worte in einem Schwall hervor: »Der Büchelberger, der blöde Hund, ist mit einer anderen auf und davon, und jetzt meint sein Weib, dass er sich wegen meinem Trank in die andere verliebt hat. Was natürlich ein rechtes Gschmarri ist. Wahrscheinlich ist er schon länger bei der anderen gelegen und hat deswegen nichts mehr von seinem Weib wollen.«

Frantz verzog das Gesicht, merkte es, als er die Besorgnis in Apollonias Zügen erkannte, und bemühte sich um eine freundlichere Miene.

»Steht es schlimm um mich?«, fragte sie mit zittriger Stimme.

Langsam schüttelte er den Kopf. »Das glaub ich nicht, aber ich bin nur der Nachrichter, kein Schöffe oder Richter. Wer hat dich hergebracht?«

»Die Büchelbergerin hätt mich am liebsten zum Amt in Ansbach geschleift, damit ich auf dem Scheiterhaufen brenne, aber ich bin zum Nachbarn gelaufen, hab ihm und seinem Weib alles erzählt. Da hat er drauf bestanden, dass mich die Büchelbergerin nur beim Pfleger oder gleich in Nürnberg anzeigen darf, weil Lichtenau schließlich zum Gebiet der Reichsstadt gehört. Er und sein Bruder haben uns begleitet, zur Sicherheit und als Leumundszeugen. Der Nachbarin hab ich letzten Winter geholfen, wie sie an einer grässlichen Lungenfäule gelitten hat.«

Dann befragte Nützel keine Belastungszeugen, sondern Leumundszeugen! »Das ist gut. Dann brauchst du dir wahrscheinlich keine Sorgen machen.«

Die Anspannung wich aus Apollonias Körper. Plötzlich wirkte sie kleiner und viel jünger als ihre neunzehn Jahre. Zaghaft lächelnd sagte sie: »Ich hab gewusst, dass Ihr mir helfen werdet. Euer Ruf als Heiler ist schon weit über die Stadtmauern hinaus gedrungen. Und nicht wegen der Salben aus Menschenfett und Hautstreifen.«

»Das freut mich zu hören.« Seine Gedanken wanderten nun in eine ganz andere Richtung. »Was wirst du machen, wenn du frei gelassen wirst? Zurück nach Immeldorf gehen?«

»Nein, ich wohn jetzt wieder bei meiner Familie in Malmersdorf, aber ich weiß nicht recht. Die Mutter ist tot, der Vater hat den Hof meinem Bruder übergeben. Die haben mich freundlich wieder aufgenommen, aber jetzt? Wenn man erst mal als Hexe beschrien ist … Denen wird's auch lieber sein, wenn ich weggeh. Vielleicht kann ich zu meiner Tante nach Röthenbach.«

Frantz lächelte breit. Apollonia wäre perfekt, sie hatte keine Angst vor ihm, verstand etwas von Kräutern und war sehr verständig. »Könntest du dir vorstellen, als Magd für meine Frau und mich zu arbeiten?«

Die Maid blinzelte mehrmals. »Wie … ähm, meint Ihr das ernst?«

»Natürlich meine ich das ernst.«

»Das wär wunderbar!«

Ein Räuspern drang von der Tür, also wandte er sich zu Schaller um. »Ihr meint, dass ich zu vorschnell …« Oh, der Lochschöffe stand in der Tür. Frantz sprang auf. »Werter Nützel, verzeiht, ich …«

Hans Nützel winkte ab. »Ich seh schon, Ihr habt Euch bereits eine Meinung gebildet.«

»Ihr ebenfalls?«

»Oh ja, die Anschuldigungen sind haltlos. Der Einzige, der hier ein

Verbrechen begangen hat, scheint mir der Büchelberger zu sein. Trotzdem muss ich den Fall dem Stadtrat vortragen. Wollt Ihr derweil der Beschuldigten das Henkerhaus zeigen und sie Eurer Familie vorstellen?«

»Liebend gern. Wann erwartet Ihr eine Entscheidung?«

»Spätestens morgen.« Nützel sah Apollonia an. »Eine Nacht wirst du's hier schon aushalten, oder soll dich lieber der Henker in Gewahrsam nehmen?«

Apollonia gluckste. »Eine schwere Entscheidung. Sagen zu können, eine Nacht im Gefängnis oder im Henkerhaus verbracht zu haben – was erschreckt die Leute mehr?«

Frantz antwortete: »Na, im Henkerhaus wirst du dann auch wohnen, vielmehr im Turm, also im Zweifelsfall das Gefängnis.«

Schallers Stimme drang aus dem Gang zu ihnen: »Hier musst du aber Atzung zahlen.«

Nützel schnaubte und schüttelte den Kopf. »Ich sehe zu, dass die Klage heute noch abgewiesen wird.«

Schaller hatte offenbar schon seinem Weib berichtet, denn sie kam ihnen beim Brunnenraum mit einem Bündel entgegen. »Deine Sachen, Apollonia. Du warst seit Langem der kürzeste Gast hier, und das freut mich. Suchst du vielleicht Arbeit?«

»Zu spät«, fiel ihr Frantz ins Wort. »Ich war schneller.«

Anna Schallerin schüttelte übertrieben missbilligend den Kopf. »Ist Euch schon wieder eine Magd davongelaufen?« Zu Apollonia flüsterte sie deutlich hörbar: »Er ist ein furchtbar strenger Herr. Arbeite lieber für mich.«

Unsicher blickte die Maid ihn an. Frantz grinste. »Das bin ich natürlich, aber in meiner Brückenwohnung über der Pegnitz ist die Luft viel besser, und du bekommst mehr Sonne ab.«

Anna streckte die Hände hoch. »Ich geb auf. Ist Bernadette schon schwanger, dass sie nicht mehr für Euch arbeiten kann?«

»Könnt gut sein, aber die Hebamme schaut sie sich heute erst an. Ist noch früh.« Hm, auch Bernadette hatte er hier im Loch kennengelernt, allerdings hatte die Schallerin sie ihm damals als Magd empfohlen.

Die Lochwirtin schmunzelte. »Ach, der Klaus wird sich ganz schön umstellen müssen, wenn er Vater wird.«

Apollonia fragte: »Wie viele Kinder habt Ihr eigentlich, Meister Frantz?«

»Vier, zwischen vier Monaten und gut sieben Jahren.«

Sie nickte. »Da sollte mir nicht langweilig werden.«

»Und wenn doch, kannst du für mich Kräuter sammeln.«

Apollonia strahlte. »Am Ende darf ich mich noch glücklich schätzen, dass mich die Büchelbergerin angezeigt hat. Von Euch kann ich bestimmt viel lernen. Und wenn ich eines Tages heirate, kann ich mir als Kräuterweib, das beim Henker in die Lehre gegangen ist, bestimmt gutes Geld dazuverdienen.«

»Sprich mir nicht voreilig vom Heiraten!«, warnte Frantz. »Wenigstens ein paar Jahre sollst du schon für mich arbeiten. Gehen wir?«

»Ja, muss auch erst der Richtige daherkommen.«

Sie stiegen hinauf ins Freie, und die Lochwirtin verriegelte die Tür hinter ihnen.

Sowie sie aus dem Schatten der schmalen Gasse traten, nahm Frantz die Kappe vom Kopf und ließ sich die Sonne ins Gesicht scheinen. Ein guter Tag. Unterdessen besah sich Apollonia die Waren an den Marktständen. Ihr offenes langes Haar schimmerte rötlich in der Sonne.

»Einkaufen wird auch zu deinen Aufgaben gehören, außer Maria will selber gehen.«

Apollonias graue Augen funkelten. »Hier gibt es so viele Sachen, die ich gar nicht kenne. Anfangs wird mir Eure Frau einiges erklären müssen.«

»Keine Sorge, das wird ihr Freude bereiten. Und Bernadette ist ja auch noch da.«

Sie gingen um die Sebalduskirche herum zum Milchmarkt. Damit kannte die Maid schon die wichtigsten Ecken der Stadt. Als sie den Weinmarkt erreichten, fühlte er sich bemüßigt, ihr gleich zu eröffnen: »Wein brauchst du nicht zu kaufen, außer wir kriegen besonderen Besuch.«

»Ihr trinkt nicht?«

»Höchstens Bier, und das selten.«

Sie schien etwas fragen zu wollen, blieb aber stumm.

»Wein bekommt mir nicht.« Ein Vollrausch und die Dummheit, die er danach mit einer Hure begangen hatte, reichten ihm für den Rest seines Lebens. Immerhin war er damals noch nicht verheiratet gewesen. Trotzdem lief ihm ein Schauder über den Rücken, besonders weil er sich kaum erinnern konnte, was tatsächlich passiert war. Deshalb malte er sich allerlei aus. Diese Gedanken verscheuchend führte er Apollonia vorbei am Schlachthaus und den Fleischbänken, zeigte ihr Marias Lieblingsmetzger, der ihn freundlich grüßte. Auf dem Holzsteg überquerten sie den nördlichen Pegnitzarm. Er deutete zur Brückenwohnung. »Das ist mein Haus.«

Verwundert sah sie ihn an. »Ihr wohnt als Henker mitten in der Stadt, und auch noch so schön?«

»Nun, die Brücke war einst Teil der Stadtmauer, bevor mehr Platz gebraucht und die Stadt erweitert wurde. In das Henkerhaus hat man aber schlecht ehrbare Bürger einquartieren können.«

»Wer wohnt auf der anderen Brücke?«

»Mein Knecht, Klaus Kohler, mit seiner Frau Bernadette, die sich noch als meine Magd verdingt, aber nun wohl guter Hoffnung ist.«

»Das ist schön.«

Sie schlenderten zum Henkerturm zwischen den beiden Brücken. Apollonia betrachtete eingehend die Schweine. »Wisst Ihr, dass man Schweine wie Hunde abrichten kann? Mein Bruder hat das vor ein paar Jahren mal gemacht. Die Sau musste als Ferkel von Hand aufgezogen werden, deshalb hat sich das so ergeben.«

Frantz schüttelte den Kopf. »Das wusste ich nicht. Zwei davon gehören mir. Willst du dein Geschick mit ihnen versuchen? Sind aber schon halb ausgewachsen.«

Apollonia lachte. »Lieber nicht, die sind bestimmt schon zu stur.«

Er sperrte das Tor im Turm auf, statt über die Außentreppe direkt zu seiner Wohnung zu gehen. »Hier hab ich ein Behandlungszimmer eingerichtet, mit zusätzlichem Ofen, Pritsche und allem, was ich brauche.« Nur durch zwei schmale Schießscharten, die er mit geöltem Leinen etwas gegen die

Kälte abgedichtet hatte, fiel Licht. Da er keine Patienten erwartete, steckten hier auch keine Fackeln. »Du würdest ganz oben im Turm hausen.«

»Wie ein Burgfräulein?«

»So ähnlich.« Er verschloss die Tür wieder und stieg die Holzstiege hinauf. In der guten Stube spielten die Mädel mit Murmeln. Rosi rief sogleich: »Wen hast'n du mitgebracht, Vater?«

»Eine neue Magd. Das heißt, falls eure Mutter sie mag und ihr sie nicht verschreckt.«

Die Kleine entblößte mehrere Zahnlücken, als sie Apollonia anstrahlte. »Ich mag sie.«

»Ich auch«, plapperte ihr Marie nach.

»Ich glaub, ich mag euch auch«, antwortete die Maid und zog Rosi an den Zöpfen.

Frantz beugte sich zu ihr und flüsterte: »Ich muss dich warnen, Rosi ist das eigentliche Burgfräulein hier.«

»Was tuschelt ihr?«, fragte die Kleine sogleich.

»Verraten wir nicht. Maria? Wir haben Besuch«, rief er durchs angrenzende Zimmer in die Küche.

»Die Leinfelders?«, rief sie. »Ich hab jetzt kei…«, sagte sie und warf einen gehetzten Blick in die Stube. »Oh, wer bist du denn?«

Frantz stellte sie vor: »Apollonia Hofferin, der Hexerei beschuldigt und hoffentlich bald unsere Magd.«

»Ha, dann passt du ja zu uns«, stieß Maria aus. »Komm mit in die Küche und erzähl mir alles, sonst brennt mir der Fisch an.«

»Natürlich!«

Die Frauen eilten davon, und Frantz ließ sich äußerst zufrieden auf einem der Stühle nieder und legte die Beine auf den anderen. Die Mädel schauten ihn seltsam an, also fragte er: »Was ist los?«

»Apollonia ist eine Hexe?«, wisperte Rosi.

Himmel, vor den Kindern hätte er lieber nicht davon sprechen sollen. »Nein, eine dumme Frau hat Apollonia so genannt, und das war sehr böse von der. Ihr dürft so was nie über andere Leute sagen, sonst werd ich sehr grantig und der liebe Gott ebenfalls.«

Rosi biss sich auf die Unterlippe, schaute von ihm zur Tür, durch die ihre Mutter mit der vermeintlichen Hexe verschwunden war. Dann flüsterte sie: »Ist sie wirklich keine?«

Frantz rang sich ein Lächeln ab. »Ist die Kathi Leinfelderin eine Hexe? Oder die Agnes Kohlerin? Ammonin, mein ich natürlich.« Die Frau hatte tatsächlich den guten Augustin geheiratet, am selben Tag, an dem ihr Sohn Bernadette ehelichte. Eine schöne Feier hatte er ihnen ausgerichtet in den beiden Brückenwohnungen.

Rosi und Marie schüttelten den Kopf so heftig, dass die Zöpfe flogen.

»Da seht ihr's, die wurden auch schon Hexen geschimpft und sind doch nette Weiber.«

In dem Augenblick kam Bernadette herein, zog den warmen Schal von den Schultern und erstarrte, sowie sie ihn bemerkte. Ihre Wangen röteten sich vor Verlegenheit.

Dann stimmte es also. Er lächelte. »Und, wird's über der Pegnitz bald noch lauter werden?«

Sie zog die Augenbrauen hoch, legte eine Hand auf ihren Leib. »Ihr wisst?«

Grinsend antwortete er: »Ihr Weiber könnt doch nichts für Euch behalten.«

»Pah, wenn Ihr wüsstet, was wir alles für Geheimnisse hüten. Ihr scheint trotz der Aussicht, bald eine neue Magd zu brauchen, überraschend gut gelaunt.« Misstrauisch musterte sie ihm. »Habt Ihr was getrunken?«

»Natürlich nicht.« Was für ein Gedanke. Er wischte sich das Feixen aus dem Gesicht. Da ertönte ein glockenhelles Lachen aus der Küche.

Bernadettes Gesicht hellte sich auf. »Ist Kathi hier?«

»Schau nach«, antwortete er nur und merkte, dass sich das Grinsen zurückschlich.

Kapitel 2:
Fröhliche Weihnacht

Nürnberg am Freitag, den 24. Dezember 1591

Max Leinfelder genoss die Ruhe um die Feiertage herum. Die Menschen benahmen sich viel anständiger, sodass er und die anderen Stadtknechte kaum Wirtshausraufereien beenden mussten. Allerdings drang ihm die Kälte allmählich in die Knochen, wenn er sich auf seinen Kontrollgängen durch die schattigen Gassen bewegte. Immerhin schien heute die Sonne, auch wenn sie kaum über die Dächer spitzte. Kurzerhand beschloss Max, ein Stück den Burgberg hinaufzusteigen, um sich von den Strahlen wärmen zu lassen. Erst wunderte er sich, dass viele der herrschaftlichen Häuser die Fensterläden geschlossen hatten, doch dann fiel ihm ein, dass manche der wohlhabenden Familien das Weihnachtsfest bei Verwandten verbrachten, gern auf einem Landsitz, wo die Kinder im Schnee herumtoben konnten. In der Stadt würde er doch schnell zu dreckigem Matsch werden, falls denn endlich welcher fiel.

Unter der Veste befand sich das Anwesen des Nürnberger Bann- und Blutrichters Christoph Scheurl. Soeben hielt davor eine Kutsche, und ein fein gekleidetes Paar mit zwei kleinen Kindern stieg aus. Als der Hausherr persönlich das Tor öffnete, tippte sich Max an die Kappe. In seiner schwarzroten Pluderhose und der roten Jacke fiel er dem Richter natürlich sofort auf. Scheurl nickte ihm zu, hob einen Zeigefinger und begrüßte dann seine Besucher. Max ging noch ein paar Schritte weiter, um nicht neugierig zu erscheinen, wunderte sich jedoch, dass der Mann nicht die Feiertage bei Verwandten auf dem Land verbrachte.

Gerade schob Scheurl die Gäste durch die Tür, dann schaute er sich nach Max um und schlenderte heran. »Leinfelder, du bleibst in der Stadt?«

Wo sollte er auch sonst die Feiertage verbringen? »Ja, Ihr ebenfalls?«

»Morgen gleich nach der Messe fahren wir zu den Geuders nach Heroldsberg und verbringen die letzten Tage des alten Jahres im Gelben Schloss, also bei der Familie meiner Frau. Falls irgendetwas Außergewöhnliches passiert, bin ich dort zu finden.«

»Gut.« Max blickte zu dem herrschaftlichen Anwesen des Richters. »Bleibt ein Diener zurück, der sich um das Haus kümmert?«

»Nein, das Gesinde bekommt frei oder begleitet uns.«

»Ah ja, dann wünsch ich ein frohes Fest.«

»Das wünsch ich dir und deiner Familie ebenfalls, Leinfelder.« Lächelnd wandte er sich seinem stattlichen Heim zu.

Max schlenderte weiter in Richtung Egidienberg. Er hatte gar nicht gewusst, dass der Richter eine Frau aus dem Geschlecht der Geuder geheiratet hatte, eine einflussreiche Familie mit mehreren Landgütern. Julius Geuder war Schöffe und Ratsherr und seit dem Ableben von Bartholomäus Pömer vor gut einem Jahr auch noch dritter Hauptmann, daher kannte Max ihn recht gut. Und als hätte der Mann nicht schon genug zu tun, war er auch noch Scholarch der Akademie zu Altdorf, genau wie sein Neffe Anton, der ebenfalls im Stadtrat war. Irgendwie waren alle Ratsherren verwandt oder verschwägert.

Als Max am Anwesen der Imhoffs vorbeikam, wurden gerade zwei Kutschen beladen. Der zweite Losunger der Stadt, Andreas Imhoff, überwachte die Arbeiten persönlich. Im Gegenlicht fiel Max so recht auf, wie kahl die Stirn des Mannes in den letzten Jahren geworden war, aber das dunkle Haar trug er immer noch lang.

Als Imhoff Max bemerkte, hob er die Hand zum Gruß und strahlte. »Passt mir gut auf Nürnberg auf!«

»Selbstverständlich, Herr. Wer von den Räten bleibt denn überhaupt noch hier, falls was ist?«

»Du Schwarzseher willst mir wohl die Laune verderben?«, maulte der zweitmächtigste Mann der Stadt.

»Keineswegs, ist nur, weil mir gerade der Richter Scheurl erzählt hat, wo man ihn im Notfall erreichen kann.«

»Falls tatsächlich was passiert, wofür du einen Ratsherrn brauchst, wende dich an Christoph Tucher. Die Familie feiert in der Stadt mit jeder Menge Gästen. Und die Nützels feiern in Sündersbühl, bei denen bist du auch schnell, sogar zu Fuß.«

»Danke für die Auskunft, wird aber bestimmt nicht nötig sein. Dieses Jahr sind überhaupt recht wenige Verbrechen begangen worden ...«

»... von denen wir was mitgekriegt haben.« Imhoff zwinkerte ihm zu. »Jetzt verschwinde und genieß die Feiertage.«

»Frohes Fest, Herr!«

Max schlug einen Bogen in Richtung Rathaus. Kathi wollte mit Maria und der neuen Magd noch einiges für das morgige Festessen einkaufen. Je näher der Abend rückte, desto leichter ließen sich günstige Preise aushandeln. Sein Weib war darin äußerst geschickt. Das musste sie bei seinem mageren Sold und einer achtjährigen Tochter auch sein. Es ging alles so schnell. Hatte Ursel doch tatsächlich gesagt, sie würde gern als Magd im Henkerhaus arbeiten, wenn Apollonia ebenfalls heiratete. Das kam natürlich nicht infrage, dann lieber in einem der Herrenhäuser. Er konnte nur hoffen, dass Meister Frantz so bald keine neue Magd brauchte. Apollonia war tatsächlich noch am Tag ihrer Verhaftung auf freien Fuß gesetzt worden. So etwas gab es selten, doch bei der abwegigen Anschuldigung war es auch kein Wunder gewesen. Und der Nachrichter schien sehr zufrieden mit ihr.

Auf dem Grünen Markt herrschte einiger Trubel. Halb Nürnberg wollte sich offenbar noch schnell mit Essen eindecken. Nachdem er die Stände vor dem Rathaus zweimal umrundet hatte, entdeckte er tatsächlich die drei Frauen. Kathis Korb war anscheinend bereits recht schwer. Krumm stand sie da und strich sich eine blonde Strähne zurück unter die Haube, während sie mit einem Bauern sprach. Die geröteten Wangen leuchteten. Sie gefiel Max noch immer wie keine andere, doch seit Maria wieder ein Kind geboren hatte, wirkte sie irgendwie wehmütig, als hätte sie selbst gern noch eines. Er schob sich durch das Gedränge zu ihnen. »Schaut ganz so aus, als könntet ihr einen Träger brauchen.«

Kathi strahlte. »Ach, du kommst uns gerade recht. Hast du denn schon

Dienstschluss?«

»Nein, aber ich sollte mal auf dem Säumarkt nach dem Rechten schauen.« Grinsend nahm er ihr den Korb ab.

Sogleich reichte Maria ihm einen Leinensack. »Schaffst du den auch noch? Es gibt nämlich sehr günstige Steckrüben, aber wir wollten wirklich nicht noch mehr schleppen.«

Betont beiläufig schlang sich Max den Sack über die Schultern. »Alles, was ihr jetzt noch kauft, müsst ihr selber schleppen.«

»Fein«, antwortete Maria mit einem breiten Lächeln. »Einen Sack Walnüsse wollen wir auch noch.« Sie hob das Tuch über ihrem Korb an. »Schau, Max, die Leckereien haben wir für die Kinder zur Bescherung gekauft, aber die müssen wir ins Haus schmuggeln, ohne von den Rackern beobachtet zu werden.«

»Ui.« Beim Anblick der Lebkuchen, Plätzchen und Winteräpfel lief ihm sogleich das Wasser im Mund zusammen. Unwillkürlich streckte er eine Hand aus. Wie nicht anders zu erwarten, schlug ihm sein Weib auf die Finger. »Benimm dich, du bist schließlich schon erwachsen.«

Er seufzte. »Wirklich schade drum.«

Maria reckte das Kinn hoch und sah ihn spöttisch an. »Für dich müssten wir den Pelzmärtel mit seiner Rute wieder einführen!«

»Den was?«

»Na, dann halt den Krampus oder Knecht Ruprecht.«

Max grinste. Von dem alten Brauch hatte er gehört, aber seit Martin Luther durfte nur noch das Christkind Geschenke bringen, nicht mehr Sankt Nikolaus mit seinem Knecht, und so fiel auch die Rute für böse Kinder weg.

Apollonia sagte: »Am besten stellen wir die Leckereien erst einmal im Behandlungszimmer ab, dann hole ich sie später und versteck sie bei mir in der Kammer, bis es so weit ist.«

»Ja, so machen wir das. Kathi, vergiss nicht, dir vorher welche für Ursel rauszunehmen. Und jetzt sollten wir uns sputen. Stefan wird bald wach, und dann ist er hungrig und unleidig.«

* * *

Maria sog tief die Luft ein, als sie mit Apollonia die Brückenwohnung betrat. »Frische Zweige!«, rief sie begeistert. Frantz hatte sie auf dem Tisch ausgebreitet: Kiefer, Tanne, Fichte.

Grinsend kam er in die Stube. »Hab ich eben geschnitten. Die anderen waren doch schon recht braun.«

»Ach, dann duftet es in der Küche auch wieder ganz wunderbar, wenn wir den Ofen damit befeuern. Stefla schläft noch?«

»Tief und fest.«

Maria genoss es jedes Jahr, die beiden Brückenwohnungen hübsch mit frischen Zweigen zu schmücken. Und der Geruch war einfach herrlich, wie ein Versprechen, dass der Winter nicht ewig dauern würde.

Jorgen und Rosina eilten herbei. »Können wir jetzt anfangen? Vater hat uns noch nichts machen lassen.«

»Gleich.« Maria zog den Mantel aus und schlüpfte aus den Schuhen in die dicken Socken. »Ihr dürft die kleineren Zweige mit bunten Bändern zusammenschnüren.«

Bernadette kam aus der Nachbarwohnung herüber und hielt stolz Hagebuttenzweige mit leuchtend roten Früchten in die Luft. »Die hab ich draußen gefunden! Ein paar Tage lang könnten wir sie in die Zweige stecken und dann essen.« Sie strahlte vor Stolz. »Meine Mutter füllt damit auch Krapfen.«

»Oh, das kannst du mir dann die Tage zeigen, wie sie es macht.«

»Gern.«

Apollonia hob Marias Korb auf. »Ich putz derweil das Gemüse. Wenn wir heut schon alles vorbereiten, können wir morgen nach der Weihnachtsmesse bald essen.«

»Sehr gut.«

Jorgen reichte Maria das erste Bündel Zweige. »Wo kommen die hin?«

»Hier über dem Fenster.« Maria lächelte Frantz an. »Das musst du machen, ich komm nicht so hoch rauf. Bernadette, nimm einen Packen von den

Zweigen mit zu euch rüber.«

»Ach was, Klaus hat doch mit deinem Mann für uns auch welche geschnitten, aber ich sollte ihm vielleicht sagen, wohin er sie hängen soll.« Grinsend tänzelte sie hinüber.

Da meinte Maria, ein sachtes Quengeln zu hören. »Ei, Stefla ist wach. Jetzt wird er aber Hunger haben.« Sie eilte durch die Zimmerflucht.

In der Küche lächelte ihr Apollonia zu. »Heute hast du keinen ruhigen Augenblick.«

»Was heißt heute?«, sagte Maria im Vorbeilaufen. Sie musste Stefla nur hochheben, schon beruhigte er sich. Nicht mehr lange, dann konnte er aus der Kiste klettern. Dann begann die gefährliche Zeit. Sie legte ihn an die Brust, ging zurück zu Apollonia und raunte ihr zu: »Die Geschenke können wir eigentlich auch unten im Turm lassen.«

»Ja, ich hab sie hinter zwei Bretter gelegt«, kam es leise zurück.

Maria setzte sich auf den Hocker und freute sich schon auf den nächsten Morgen. »Die Bescherung ist doch immer was Besonderes. Wir haben als Kinder kaum was gekriegt, waren zu arm, aber trotzdem konnt ich's kaum erwarten, bis es hell wurde. Eine kleine Besonderheit lag dann auch immer vor meinem Bett.«

Apollonia flüsterte: »Ich hab meine Eltern viel zu früh dabei erwischt, wie sie mir Gaben hingelegt haben.«

»Schade.« Maria lauschte in die anderen Zimmer. Die Kinder schienen noch gut beschäftigt. »Wir warten wieder, bis die Racker sicher schlafen. Falls du früher ins Bett willst, wir kümmern uns schon drum.«

»Ach, so lang kann ich aufbleiben. Gibt ja auch noch genug zu tun für das morgige Fest.« Sie lachte. »Hast du Bernadette gehört? Jetzt kommandiert sie schon deinen Mann herum.«

Maria spitzte die Ohren. Aus der guten Stube hörte sie ihre ehemalige Magd erklären, wo die Hagebutten angebracht werden sollten. »Wie schön, dass sie Klaus geheiratet hat und weiter ganz nah bei uns wohnt.«

»Aber von der Schwangerschaft sieht man noch nicht viel.«

»Kommt schon noch.« Maria nahm Stefla von der Brust, was ihn sofort dazu veranlasste, mit den Fäustchen zu rudern und ein Gesicht zu ziehen. Glucksend gab sie ihm die andere. Vielleicht würde er ihr letztes Kind sein, deshalb wollte sie diese Zeit in vollen Zügen genießen. Die Kinder wuchsen ja so schnell.

Nun kam Bernadette in die Küche. »Drüben sieht's richtig schön aus. Und das Hagebuttenmus wird auch sehr lecker schmecken.« Sie streichelte dem Büblein über die Wange. »Du hilfst mir dann, wenn unser Kindlein auf der Welt ist, ja, Maria?«

»Natürlich. Das lernst du alles recht schnell.«

»Ich bin gespannt, wie es Klaus ergeht, wenn ich in den Wehen liege. Er war ganz schön durcheinander, weil sich dein Mann bei Steflas Geburt so aufgeregt hat.«

Apollonia gab das kleingeschnittene Wurzelgemüse in das kochende Wasser. »Wirklich schade, dass ich Steflas Geburt versäumt hab. Da scheint es hoch hergegangen zu sein.«

Bernadette sprang auf. »Ich helf dir. Ach, Meister Frantz lässt sich kaum von seinem Weib fernhalten, wenn Maria niederkommt.«

»Na, beim nächsten Kind werd ich's ja erleben.«

»Wer weiß, ich bin schon alt! Die vier reichen mir eigentlich auch«, sagte Maria, doch sehr überzeugt klang sie selbst für ihre eigenen Ohren nicht. Stefla ließ von ihr ab und sah sie aus großen runden Augen an, als wunderte er sich, was sie da für Laute von sich gab. Sie küsste ihn auf die Wange. »Mein kleiner Schatz.«

* * *

Endlich war nichts mehr aus dem Kinderzimmer zu hören. Jorgen hatte sich ewig nicht ins Bett schicken lassen, zu aufregend war die heilige Nacht, doch dann wäre er beinah am Tisch in der guten Stube eingeschlafen. Erwartungsvoll sah Frantz nun seine Frau an. »Was denkst du, können wir es wagen?«

Mit funkelnden Augen schlich Maria zur Tür und presste ihr Ohr ans

Holz. Unschlüssig sah sie ihn an, hob die Schultern und zog die Stirn kraus.

»Versuchen wir's.« Er stieg die Treppe im Turm hinauf zur Dachkammer. Apollonia hatte schon sehr früh so getan, als müsste sie dringend ins Bett, was wenigstens die Kleinen dazu bewegt hatte, ebenfalls schlafen zu gehen. Einmal pochen genügte, und sie stand mit dem Gabenkorb bereit. Frantz nahm ihn ihr ab und schlich mit Apollonia wieder hinunter. Prompt wurden sie von Bernadette abgefangen. »Ich will auch dabei sein.«

Vorsichtig steckte Frantz den Kopf in die Stube. Maria stand immer noch an der Tür zum Kinderzimmer. Sie hielt die Hand hoch, sodass er verharrte, während sie langsam die Klinke hinunterdrückte und zu den Kindern hineinlinste. Dann winkte sie ihre Helfer herbei. Auf Zehenspitzen bewegten sie sich über die verräterisch knarrenden Dielen. Sonst kamen ihm die Tritte nicht so laut vor! Maria ging beiseite. Brav hatten die Schlafenden ihre Hemden auf dem Boden neben ihren Pritschen ausgebreitet, damit das Christkind die Gaben darauflegen konnte.

Schnell verteilten sie Nüsse, Äpfel, Lebkuchen und anderes Backwerk. Für Jorgen gab es dazu eine neue Kappe, für Marie eine von Augustin geschnitzte Figur, die einem Reh ähnelte, aber auch ein Wildschwein darstellen mochte, und für Rosina gestrickte Handschuhe von Bernadette. In die Mitte stellte Maria noch einen Honigtopf für sie alle.

Ein Glucksen ließ Frantz zusammenfahren. Jorgen lag mit offenen Augen da und guckte ihn verschmitzt unter der Bettdecke hervor an. »Hab's gewusst«, flüsterte er.

Frantz legte einen Finger auf die Lippen und ließ den Blick über die Mädel schweifen. Der Junge nickte ernst. Seine Schwestern durften die Bescherung noch als Weihnachtswunder genießen. Maria küsste ihren Sohn auf die Stirn und fuhr ihm durchs Haar. Stolz lächelte sie ihn an und wäre beinah auf einen Lebkuchen getreten. Frantz hielt sie gerade noch zurück. Erschrocken legte sie eine Hand aufs Herz und rollte mit den Augen. Nach dem Schreckmoment tapsten sie alle umso vorsichtiger in die gute Stube, schlossen leise die Tür und ließen sich am Tisch nieder.

Maria seufzte. »Nun ist es vorbei für Jorgen.«

Bernadette winkte ab. »Dafür werden wir es nächstes Jahr leichter haben, dann kann er uns helfen.«

»Stimmt.« Frantz konnte sich gut vorstellen, dass der Bengel es noch mehr genießen würde, den Kleinen etwas vorzumachen, als sie es taten. »Ich erinnere mich gar nicht daran, wie ich herausgefunden hab, dass uns der Vater die Gaben hingelegt hat, wahrscheinlich war ich noch jünger.«

»Was war dein liebstes Geschenk?«

Langsam schüttelte Frantz den Kopf. »Es gab allerlei Leckereien, die ich gierig verschlungen hab.« Dann musste Frantz an ein Geschenk denken, das ihn anfangs begeisterte und schließlich eine Last für ihn wurde. Das Holzschwert, zum Üben. Das hatte er allerdings nicht zu Weihnachten bekommen.

* * *

Nürnberg am Samstag, den 25. Dezember 1591

Lachen und Quietschen weckten Frantz, noch bevor es hell wurde. Er stöhnte laut und vernehmlich, als wüsste er gar nicht, was los war, obwohl ihm der Klang eine tiefe Freude bereitete. Auch Maria wachte auf, schaute aber zuallererst nach Stefan.

»Schläft der Kleine noch?« Frantz stemmte sich auf den Ellbogen und legte den anderen Arm um Maria, um an ihr vorbei in die gut ausgepolsterte Kiste zu spähen.

Sie streichelte seinen Arm. »Oh ja, deinen Sohn weckt nur Hunger, scheint mir.«

»Sehr vernünftig von ihm.« Er küsste ihren Hals.

Da stürmten auch schon Rosina und Marie herein und riefen begeistert: »Das Christkind war da.«

»Ihr müsst schauen, was wir gekriegt haben«, befahl Rosina.

»Schnell, schnell«, fiel Marie ein.

Jorgen hingegen stand grinsend an den Türrahmen gelehnt. Mit siebeneinhalb genoss er sichtlich jede Überlegenheit, die er an den Tag legen konnte.

Maria stand auf. »Stefan hat bei dem Lärm nur kurz geblinzelt.«

»Dann schauen wir uns an, was das Christkind gebracht hat«, sagte Frantz.

Schon sprangen die Mädel wieder hinaus. Jorgen flüsterte: »Ich hab's letztes Mal schon nicht mehr recht geglaubt, aber diesmal wollte ich euch dabei erwischen.«

Nicht unfreundlich, aber sehr bestimmt sagte Maria: »Kein Wort zu deinen Schwestern, sonst kommt zu dir nur noch der Pelzmärtl.«

»Den gibt's doch gar nicht«, wandte der Bursche ein.

»Freilich gibt's den«, erklärte seine Mutter. »Er darf nur nicht mehr in die Stadt herein ohne besondere Genehmigung des Stadtrats.«

Beim Anblick von Jorglas verdattertem Gesicht brach Frantz in schallendes Gelächter aus, das Marie und Rosina wieder anlockte. Mit der Bestimmtheit ihrer Mutter packte Rosina Frantz bei der Hand und zog ihn durch die Küche ins Kinderzimmer. Die Geschenke waren schon ziemlich durcheinandergeworfen, mindestens drei Lebkuchen verschwunden.

»Ui«, rief er voller Begeisterung. »Euch hat das Christkind sehr verwöhn!«

Bernadette und Apollonia hatten den Aufruhr im Henkerhaus offenbar mitgekriegt und kamen herein. Beide strahlten, fragten neugierig nach den Geschenken, und Frantz konnte sich erst einmal gemütlich in die Stube setzen. Den Rest des Morgens allerdings gab es kaum einen ruhigen Moment. Die Frauen bereiteten das Festmahl vor, während er und Klaus vor allem damit beschäftigt waren, die Kinder von der Küche fernzuhalten. Zwischendurch wachte Stefan auf und nahm seine Mutter in Beschlag, die nur noch Anweisungen geben konnte, während sie ihn stillte. Noch bevor der Braten im Ofen war, eilten Maria und Apollonia zur Messe, die Klaus, Bernadette und er am zweiten Weihnachtsfeiertag besuchen würden.

Überraschenderweise schlug Jorgen vor, mit seinen Schwestern nach draußen zu gehen.

»Aber pass auf, dass sie nicht zu nah ans Flussufer gehen.«

Der Bub verdrehte die Augen. »Darf ich sie nicht ins Wasser werfen und wieder rausziehen?«

»Du kriegst gleich ein paar hinter die Löffel«, brummte Frantz, obwohl er sich die Warnung wirklich hätte sparen können. Jorgen war vernünftig genug, allerdings auch leicht abzulenken. Sowie die Kinder aus dem Haus waren, kehrte auch Klaus in seine Wohnung zurück. »Muss mich noch anständig anziehen, bevor die Gäste kommen.«

»Mach das.«

Für Bernadette gab es offenbar nicht mehr viel zu tun, denn sie setzte sich bald zu Frantz an den Tisch. »Ich bin froh, dass Ihr so schnell eine neue Magd gefunden habt. Apollonia darf doch auch mir helfen, wenn das Kindlein auf der Welt ist, ja?« Sie strich sich über den immer noch recht flachen Bauch.

Frantz hob abwehrend beide Hände. »Das musst du mit Maria ausmachen.«

Die Magd lachte. »Dann ist es ja gut. Die hat es selbst vorgeschlagen. Ich bin nur gespannt, ob sich Klaus auch so aufführen wird wie Ihr, wenn ich niederkomme.«

»Ts, was heißt hier … Ach, vergiss es. Ich schätze, Klaus wird froh sein, wenn er sich irgendwo weit weg verkriechen kann, sobald du die ersten Schreie von dir gibst.«

Sie zog einen Schmollmund. »Warum sagt Ihr das? Denkt Ihr, er macht sich nicht viel aus mir?«

Frantz lachte. »Nein, aber Klaus lebt nicht in dem Wahn, er könnte dir bei einer Geburt helfen.«

Überrascht musterte sie ihn. »Wahn? Und das aus Eurem Munde. Spielt Ihr mir was vor?«

»Selbsterkenntnis kann man schlecht heucheln. Ich weiß, dass ich mich wie ein Narr benehme, aber ich kann nicht anders, wenn es um Maria geht.« Er senkte die Stimme zu einem Flüstern, obwohl niemand mehr in Hörweite war. »Kannst du ein Geheimnis für dich behalten?«

Sie schluckte, blickte von einer Seite zur anderen. »Etwas, das Maria nicht erfahren darf?«

»Oh, Maria weiß es. Nur rumtratschen darfst du es nicht.«

Sie stieß den angehaltenen Atem aus. »Ich versprech's.«

Frantz spürte, wie sich ein stolzes Lächeln auf seinem Gesicht ausbreitete. »Ich hab schon mal ein Kind auf die Welt geholt, weil niemand sonst helfen konnte.«

Bernadette klappte der Mund auf, dann presste sie die Lippen aufeinander und nickte einmal ernst. »Ich schau nach dem Braten.«

Bald nachdem Maria und Apollonia vom Gottesdienst zurückgekehrt waren und dabei gleich die Kinder eingesammelt hatten, erschienen auch die Leinfelders mit weiteren Speisen. Bei all dem Hin und Her stellte sich Frantz lieber neben die Tür, hängte Mäntel auf und wartete ab, bis Ruhe einkehrte. Nur Augustin und Agnes fehlten leider. In der kalten Jahreszeit wollten die beiden nicht von Stein bis nach Nürnberg wandern. Sie waren ja doch nicht mehr die Jüngsten, aber wenigstens schien es seinem ehemaligen Knecht mit Agnes' Fürsorge wieder ein ganzes Stück besser zu gehen.

Ursel reichte ihm ihre neue Joppe, die eher einem Umhang mit Ärmeln glich. Die konnte Kathi bestimmt noch mehrfach ändern, ohne dass sie dem Mädel zu klein wurde. »Mein Weihnachtsgeschenk«, verkündete sie stolz. »In den Taschen waren auch noch Nüsse.« Im blonden Haar trug sie Bänder, und sie wirkte, als könnte sie es nicht erwarten, endlich erwachsen zu werden. Dabei war sie erst acht Jahre alt. Die Kinder wuchsen wahrlich schnell heran, und Ursel sah ihrer Mutter immer ähnlicher.

Maria stieß ihn an. »Was stehst du so rum? Setz dich zu unseren Gästen und genieß das Fest. Das Essen ist gleich fertig.«

Lächelnd hockte er sich an den Tisch und blickte in zwei Schüsseln, die Kathi und Ursel auf den Tisch gestellt hatten. Saubohnen mit Speck und ein Gerstenbrei mit Wurzelgemüse. »Mmmh.«

Rosina schlüpfte neben ihm auf die Bank und grinste ihn an. »Schenkst du mir auch was zu Weihnachten, Vati?«

»Ich? Ich bin doch nicht das Christkind!« Hatte Jorgen sie doch verraten? »Kathi hat Ursel eine neue Jacke geschenkt.«

Kathi warf ein: »Die Schneiderin und ich sind halt gerade damit fertig geworden, da hab ich sie fürs Christkind vor ihr Bett gelegt.«

Rosi zog eine Schnute, dann lächelte sie Frantz ganz liebreizend an. »Ich will auch so eine Jacke, Vater. Die ist sooo schön.«

Seufzend antwortete er: »Du hast doch einen hübschen Lodenmantel.« Die Kleine bereitete ihm mit ihrer einschmeichelnden Art jetzt schon Sorgen! Hoffentlich fand sie einen anständigen Ehewirt. Doch daran, für seine Töchter Kerle zu finden, die etwas taugten, wollte er lieber nicht denken. Dafür hatte er zu viel mit Gelichter zu tun. »Erzählt, wie geht's euch?«, fragte er Max und Kathi in der Hoffnung, dass sie ihn ablenkten.

Kathi warf ihm einen seltsamen Blick zu, dann erst lächelte sie, als müsste sie sich zwingen, und zuckte die Schultern. »Uns geht's gut.« Sie lächelte Max an und nahm seine Hand.

Da marschierten die Frauen der Brückenwohnungen mit weiteren Schüsseln und Platten herein. »Frohe Weihnachten!«, rief Maria.

* * *

Mit vollem Bauch ließ Max äußerst zufrieden Frau und Kind im Henkerhaus zurück und stieg hinunter zum Säumarkt. Inzwischen hatte Graupelschauer eingesetzt. Was war das nur für ein Winter? Er konnte sich allerdings nicht beklagen. Dienst an den Feiertagen war, vom Wetter abgesehen, der reinste Spaziergang. Und er freute sich schon auf die Gans, die ihm Michel Hasenbart zum Dank von seinen Eltern aus Gräfenberg mitbringen wollte. Zu tun gab es sicher auch morgen wenig, außer vielleicht einem Betrunkenen auf dem Heimweg unter die Arme zu greifen. Zwar blieben über die Feiertage die Wirtshäuser und Weinschenken geschlossen, doch dafür floss der Wein bei geselligen Zusammenkünften zu Hause in Strömen. Wehe dem, der dann noch durch die Gassen wanken musste.

Ein Nachtjäger begann bereits, die Talglampen zu entzünden, die an über die Straße gespannten Drähten hingen, dabei hatte die Dämmerung noch gar nicht eingesetzt.

»Du bist aber früh dran«, sagte Max.

»Ja, ich muss heut ganz allein auf der Sebalder Seite die Lampen anmachen. Das dauert.«

»Ich bin heute auch als Einziger hier unterwegs.«

»Dann hoffen wir, dass es ruhig bleibt an so einem hohen Feiertag.«

Das konnte auch Max nur hoffen. Kunz tat auf der Lorenzer Seite Dienst, dazu waren noch ein Stadtknecht und zwei Schützen in Bereitschaft in der Schützenstube. Das Gerberviertel ließ er links liegen. Da gäbe es höchstens zu späterer Stunde Raufhändel. Während Max gen Burg schlenderte, begegnete er nur wenigen Leuten, manche kamen von der Abendmesse und trugen ihren Sonntagsstaat. Eine Familie wurde gerade von einem gebückten Mann in Lumpen angesprochen. Sicher ein Bettler, der keine Erlaubnis hatte, in der Stadt um Almosen zu bitten. Er trug einen großen Hanfsack auf dem Rücken, womöglich seine ganze Habe. Sollte Max ihn ausgerechnet an Weihnachten verscheuchen? Sehr christlich wäre das nicht, aber doch seine Pflicht. Da deutete der Familienvater in seine Richtung. Der Bettler wirbelte erstaunlich schnell herum, sah ihn und nahm Reißaus. Um den Anschein zu wahren, setzte Max ihm nach, doch schon hinter der nächsten Hausecke verlangsamte er seine Schritte wieder. Im übernächsten Hauseingang drückte sich der zerlumpte Alte herum. Max bemerkte ihn erst, als er ein merkwürdiges Scharren hörte. »Was machst du da?«

»Hoffen, dass du mich nicht findest. Aber nun ist es doch passiert. Hast du einen Groschen für mich, oder ein Stück Brot? Unser Heiland ist geboren, da kannst du mir eine kleine Gabe nicht verwehren, sonst kommst du in die Hölle.«

Was für ein frecher Kerl! »Sei froh, wenn ich dich nicht ins Loch werfe.«

»Da tät ich wenigstens was zum Fressen kriegen«, maulte der Bettler.

»Pah, wär ja noch schöner, dich faulen Hund über die Feiertage von der Lochwirtin durchfüttern zu lassen. Das hast du dir fein ausgedacht. Hättest dich beizeiten im Almosenamt melden sollen.«

»Bin ja gar kein Nürnberger.«

»Dann verschwinde aus der Stadt. Eine Stunde in die Nacht hinein ist Garaus, und die Tore werden zugemacht.«

Immer noch murrend schlurfte der Mann davon. Ein wenig tat Max der Bettler leid, doch so schnell wie der davongerannt war, könnte er auch arbeiten. Von einem krummen Rücken war auch nichts mehr zu merken. Max ging in die entgegengesetzte Richtung weiter.

Inzwischen blieb etwas von dem Schneeregen als grauer Matsch liegen. Unter der Veste wanderte sein Blick unwillkürlich zum Anwesen von Richter Scheurl. Hoppla, da trat gerade ein fein gekleideter Herr aus dem Eingangsportal. War der Richter doch nicht verreist? Max wollte zu ihm eilen, doch da rutschte ihm ein Fuß auf dem glitschigen Pflaster weg, und er schlug mit dem Knie auf einen kantigen Stein. Ein Schrei entfuhr ihm. Was war er doch für ein Knollfink! Er wollte sich hochstemmen, da packten ihn zwei Arme und zogen ihn auf die Beine.

»Alles in Ordnung mit dir?«

»Danke.« Max stöhnte und bog sachte sein Knie. »Kaputt scheint nichts zu sein, aber das war vielleicht ein Schmerz.« Er befühlte die knielange Pluderhose. Natürlich war ein Loch drin, doch wenigstens spürte er kein Blut.

»Ach, du bist Stadtknecht«, sprach der Unbekannte. »Ich hab mir schon Sorgen gemacht, weil du ein Schwert trägst. Aber du darfst das ja, und so hat alles seine Ordnung.«

Max nickte. »Ich hab Euch aus dem Haus von Richter Scheurl kommen sehen. Ist der hohe Herr schon wieder zurück?«

»Nein, er hat mich nur gebeten, etwas für ihn zu holen.« Er klopfte auf den Ledersack, den er um die Schulter trug. »Jetzt muss ich aber los, sonst komm ich nicht mehr durchs Stadttor, ohne eine Gebühr zu zahlen.« Der Mann trug einen Umhang aus dunkelrotem Barchent, eine goldene Kette um den Hals und Handschuhe von feinem Leder. Auch die Stiefel waren aus weichem, dünnen Leder, wie es schien. Der konnte unmöglich ein Einbrecher sein, also sagte Max: »Wollt Ihr heute noch die ganze Strecke bewältigen?«

Kurz stutzte der Mann, sah ihn verwundert an, dann blickte er über die Schulter zum Eingang des Scheurl-Anwesens und lächelte. »Recht hast du, man kann nicht misstrauisch genug sein.«

Max schoss die Hitze in den Kopf. Wie konnte er es wagen, so einen feinen Herrn auszufragen wie einen gewöhnlichen Verdächtigen?

»Nein, bei Dunkelheit ist es mir zu weit. Ich übernachte bei einem Vetter in Schoppershof.«

»Dann wünsche ich Euch einen unbeschwerten Weg an diesem hohen Feiertag. Grüßt den Herrn Scheurl von mir.«

»Mach ich. Dir wünsch ich einen baldigen Feierabend. Gott behüt dich.«

Vorsichtig tappte der Mann bergab.

Maxens Knie schmerzte immer noch. Humpelnd schleppte er sich zum Eingangstor. Das Schloss war unbeschädigt, keine Spuren am Holz. Natürlich nicht. So ein vornehmer Mann brach doch nicht in Häuser ein.

Sein Knie wurde allmählich besser. Kein Grund, sich deswegen vom Dienst abzumelden. Er machte sich auf den Weg zum Egidienberg. Schoppershof... Wohnte dort eine der ratsfähigen Familien? Ihm fiel keine ein. Immerhin lag der Flecken auf dem Weg nach Heroldsberg.

* * *

Ruhe kehrte im Henkerhaus ein. Die Gäste waren nach Hause gegangen, die Kinder schliefen, Maria und Apollonia wuschen das Geschirr in der Küche ab. Blieb nur noch eines zu tun, bevor das Jahr zu Ende ging. Frantz holte sein Notizheft aus dem hohen schmalen Schrank, in dem er auch sein Richtschwert wegsperrte, und setzte sich an den Tisch. Kaum zu glauben, doch es war ein halbes Jahr her, seit er zuletzt im Auftrag der Reichsstadt Nürnberg Menschen vom Leben zum Tode hatte bringen müssen.

Er überflog die Einträge für 1591. In diesem Jahr hatte er insgesamt nur sechs Leute gerichtet, drei mit dem Schwert, drei mit dem Strang. Er notierte die Summe, schlug das Heft zu und legte es wieder in den Schrank. Seit der Geburt seines jüngsten Sohns hatte er nicht mehr gegen das fünfte Gebot verstoßen müssen. Der Allmächtige meinte es gut mit ihm. Er blickte zum Kruzifix an der Wand und dankte dem Herrn. Ein seltsamer Gedanke ergriff ihn. Was, wenn er es nie wieder tun müsste?

Maria kam mit einem quengelnden Stefan in die gute Stube und sah ihn verwundert an. »Du schaust so merkwürdig drein. Woran denkst du?«

Er lächelte sie an. »Nenn mich einen Narren, aber es ist nun so lang her, dass ich schon davon träume, keinen Menschen mehr töten zu müssen, nur noch als Heiler tätig sein zu dürfen.« Sein Blick ruhte auf Stefan. Auch für seine Kinder wäre es ein Segen.

Maria setzte sich auf die Bank und gab dem Büblein die Brust, strich ihm übers Haar. »Schön wär's, aber die Menschen ändern sich nicht. Auch wenn wir gerade Jesu Geburt feiern, werden wieder Verbrechen geschehen und die Täter erwischt werden. Trotzdem ist es ein schöner Traum.«

»Du hast natürlich recht. Ich hoffe, unsere Söhne werden ein ehrbares Handwerk erlernen.«

Maria lächelte. »Vielleicht wird Jorgen Wundarzt. Wenn wir ihn auf eine Lateinschule schicken, könnte er sogar Medizin studieren.«

Frantz grinste breit. »Als Sohn eines Henkers? Das wär doch was. In Altdorf könnte er bestimmt bei den Korbers wohnen, sich Kost und Bett durch Arbeit in der Wirtschaft verdienen ...«

Maria strahlte. »Das klingt wunderbar. Willst du den Rat fragen?«

Er kratzte sich den Kopf. »Wenn sich eine gute Gelegenheit ergibt und Jorgen in der Schule fleißig lernt. Ein paar Jahre haben wir ja noch Zeit.«

Kapitel 3:
Ein Fest für Räuber

Nürnberg am Sonntag, den 26. Dezember 1591

Max schlenderte mit Kathi und Ursel im Sonnenschein zur Sebalduskirche. Sein Dienst begann erst nach dem Mittagessen, aber da sie ziemlich früh dran waren, sagte er: »Ich schau noch schnell in die Schützenstube rein.«

»Na gut, aber verratsch dich nicht«, ermahnte sein Weib ihn.

Er setzte eine Unschuldsmiene auf. »Also wirklich, Kathi, ich doch niemals.«

Sie grinste. »Ja, freilich.«

Ursel hob das Kinn. »Keine Sorge, Mutter, dann ziehen wir ihn an den Löffeln raus.«

Max schnaubte verächtlich, was ihm nicht recht gelang, weil er selber grinsen musste. Das sagte nämlich Kathi sonst immer zu dem Mädel, wenn sie nicht folgen wollte. »Das möcht ich sehen, wie ihr zwei das schafft«, antwortete er zwinkernd.

Er betrat die Stube und fand, wie erwartet, zwei Schützen vor. »Letzte Nacht war ruhig, oder?«

Schindler stutzte. »Ach Max, in deinem Sonntagsstaat hätte ich dich beinah nicht erkannt. Du hast es noch nicht gehört? Der Schöffe Nützel war gerade da. Bei ihm ist eingebrochen worden. Er hat draußen im Nützelschlösserl in Sündersbühl übernachtet, und wie er heut morgen zurückgekommen ist, hat einiger kostbarer Krempel gefehlt, außerdem Geld. Sein Bruder Karl wurde auch bestohlen. Der ist mal wieder zu Besuch bei ihm und war auch bei den Familienfeierlichkeiten dabei.«

Max hörte die Worte, doch wollten sie keinen rechten Sinn ergeben. »Ich fass es nicht! Wie ist denn da einer ins Haus gekommen? Wer ist dermaßen dreist – noch dazu an Weihnachten?«

»Das ist das große Rätsel. Es gibt keine Einbruchspuren an Fenstern und Türen. Nichts. Alles ordentlich verriegelt. Da muss einer den Schlüssel zum Haupttor gehabt haben.«

Max kam der Fremde beim Scheurl-Anwesen in den Sinn, doch das war lächerlich. Wieso sollte so ein feiner Herr erst beim Richter, dann bei einem Schöffen einsteigen. »Wo ist der Nützel jetzt?«

»Der geht gleich zur Messe in die Sebalduskirche. Er will schauen, wer von den Herrschaften noch alles in der Stadt ist, um sie zu warnen und sich mit ihnen zu beraten.«

»Ich schätze, dann bin ich auch gleich nach dem Kirchgang im Dienst.«

»Wär nicht schlecht.«

»Bis später.« Er stürmte hinaus und sah sich auf dem Platz vor der Kirche um. Eine Gruppe Herren in feinen Schauben fiel ihm sofort auf. Unter der dicken Kleidung und den Fellhüten erkannte er lediglich den groß gewachsenen Christoph Tucher mit seinen langen dunkelblonden Haaren. Max lief erst zu Kathi. Wenig überraschend stand sie bei Maria und dem Nachrichter.

»Das trifft sich gut, dass Ihr auch hier seid, Meister Frantz«, stieß er grußlos hervor. »Beim Hans Nützel und seinem Bruder ist eingestiegen worden.«

»Letzte Nacht?« Meister Frantz wirkte ebenfalls überrascht.

»Richtig. Ich red kurz mit Tucher und wer sonst noch hier ist, bevor der Gottesdienst losgeht.« Er nickte in die Richtung und eilte los.

Die Züge des Schöffen Tucher hellten sich auf, als er Max erkannte. »Gut, dass du da bist, Leinfelder. Du hast schon gehört, was passiert ist?«

»Ja. Treffen wir uns nach der Messe?«

»Genau. Du hast hoffentlich nichts Wichtiges vor. Es gilt, einen infamen Dieb zu fangen.«

Nur etwas essen, dachte Max, doch wenn in der Stadt Einbrecher ihr Unwesen trieben, war Hunger das geringste Problem. »Nichts, das nicht warten kann. Der Nachrichter ist auch hier. Soll ich ihn mitbringen?«

»Unbedingt. Wir haben so wenige Leute in der Stadt, da können wir jeden Mann brauchen.«

* * *

Frantz saß ganz hinten in der Kirche, fand es schwer, sich auf die Worte des Priesters zu konzentrieren, nach dem, was Max ihm viel zu knapp erzählt hatte. Ausgerechnet an Weihnachten hatte ein Einbrecher zugeschlagen. Womöglich zu der Zeit, als er in Wunschdenken schwelgte, davon träumte, nie wieder einen Menschen vom Leben zum Tode bringen zu müssen. Darüber hinaus war es eine hundsgemeine Boshaftigkeit, die Menschen ausgerechnet an Weihnachten zu bestehlen. Das Vaterunser riss ihn aus seinen trüben Gedanken, und er stimmte ein. »Dein Wille geschehe …«

Der Kinderchor hob an, *Als Jesus Christ geboren ward* zu singen, und Frantz versuchte erneut, sich einfach nur über die Ankunft des Herrn zu freuen. Mit wenig Erfolg.

Schließlich wurden sie mit dem Segen entlassen. Draußen wartete er auf Max und die Räte. Vorher jedoch kamen Maria, Ursel, Kathi und Bernadette heraus. Er winkte, und das Mädel lief sogleich zu ihm. »Meister Frantz, Ihr helft Vati einen Räuber fangen?«, fragte sie und sah ihn aus großen blauen Augen verwundert an.

»Wenn ich gebraucht werde.«

»Aber …«

»Was aber?«

»Jesus sagt, eher geht ein Kamel durchs Nadelöhr, als dass ein Reicher in den Himmel kommt. Außerdem soll man die andere Wange hinhalten. Warum wollt Ihr und der Stadtrat einen Mann fangen, der die Reichen bestiehlt, wenn das doch gut für ihr Seelenheil ist?«

Frantz verzog das Gesicht. Ursel ging zwar noch nicht in den Konfirmationsunterricht, aber der Priester konnte sich schon mal auf was gefasst machen. Natürlich waren ihre Fragen mehr als berechtigt. »Weil wir uns in Nürnberg eine gute Policey erhalten wollen. Es kann doch nicht angehen, dass jeder sich einfach nimmt, was er haben will.«

»Ich versteh schon, alle wollen zwar gern Jesus nachfolgen, aber dabei bloß auf nichts verzichten.« Kurz zog sie einen Schmollmund, dann eilte sie zu ihrer Mutter. Erleichtert, weil sie ihm nicht vorgehalten hatte, dass er berufsmäßig gegen das fünfte Gebot verstieß, lächelte er. Max und Kathi würden noch viel Freude an ihr haben.

Max kam herbeigeschlendert und grinste schief. »Musstet Ihr Euch eine Predigt von meiner Tochter anhören?«

»Oh ja. Und es wäre leichter, damit umzugehen, wenn die Maid nicht vollkommen recht hätte.« Seufzend sah er sich um. »Da ist Tucher.« Der Schöffe verabschiedete sich offenbar gerade von Gästen, die sich anschließend mit seiner Frau in Richtung Egidienberg entfernten. Der Ratsherr entdeckte sie und nickte zum Rathaus. Von Nützel war noch nichts zu sehen.

Sie folgten Tucher zur Schützenstube im Erdgeschoss des Rathauses. Frantz fragte: »Wie viele Ordnungshüter stehen uns denn überhaupt zur Verfügung, um den Kerl zu erwischen?«

Max antwortete: »Außer mir noch drei Stadtknechte und sechs Schützen.«

Sie betraten die Stube, in der sich momentan nur Schindler in Bereitschaft befand. Tucher setzte sich gar nicht erst. »Hans Nützel ist nach Hause gegangen, versucht herauszufinden, wie der Schuft ins Haus gekommen ist. Am besten gehen wir anschließend zu ihm.« An Max und Schindler gewandt sagte er: »Ihr müsst die Torhüter informieren, und fragt sie, ob ihnen verdächtige Gestalten aufgefallen sind, die schon früh am Morgen die Stadt verlassen haben. Alle Schützen und Stadtknechte müssen äußerst wachsam sein. Wir wissen nicht, ob der Täter in Nürnberg lebt oder von auswärts kommt.« Er kratzte sich die Stirn. »Findet heraus, welche anderen Herrenhäuser über die Feiertage leer stehen. Bei den Imhoffs ist der Verwalter mit seiner Familie dageblieben. Auf dem Weg nach Hause warne ich ihn, besonders aufzupassen.«

»Ihr denkt, der Einbrecher wird wieder zuschlagen?«, fragte Max überrascht, denn das wäre schon eine seltene Dreistigkeit.

»Gut möglich. Bei Nützels Bruder Karl ist er ja auch eingestiegen. Was er bei dem einen erschnappt hat, hat ihm offenbar nicht gereicht. So oder so sollten wir vorsichtig sein. Er ist verwegen, und scheut nicht einmal die Feiertage.«

Max fuhr sich mit dem Ärmel über die Stirn, dabei war die Stube zu wenig geheizt, als dass jemand ins Schwitzen käme. Der Bettler im Hauseingang, kein Nürnberger, und dann der feine Herr. Konnte einer von ihnen der Dieb sein? Den Bettler hielt er nicht für gerissen genug, den Mann, der ihm aufgeholfen hatte, nicht für bedürftig genug. Was Kleider doch ausmachten ... »Vielleicht hab ich den Schuft gesehen, aber das ist nur so ein blödes Gefühl. Zwei kämen da infrage. Richter Scheurl hat mir erzählt, dass er die Tage mit seiner Familie in Heroldsberg verbringt. Nach seiner Abreise hab ich aber einen edel gekleideten Mann aus dem Anwesen kommen sehen, im Schutz der Dämmerung. Das hat mich stutzig gemacht, also hab ich ihn gefragt. Er hat gemeint, er soll dem Richter was bringen, was der vergessen hat.«

Tucher starrte ihn an, die Augenbrauen zusammengezogen. »Und was war das?«

»Hab ich nicht gefragt. Er hat einen großen Lederbeutel um die Schulter getragen, als würd er tatsächlich für ein paar Tage aufs Land reiten, aber da hätte auch einiges an Beute reingepasst. Am Scheurl'schen Eingangstor ist mir allerdings nichts aufgefallen, keine Einbruchspuren, deshalb bin ich nicht weiter misstrauisch geworden. Aber jetzt ...«

Tucher strich sich über den Kinnbart. »Wenn wir wüssten, dass es unser Einbrecher war, könntest du ihn wiedererkennen, den Torwächtern eine Beschreibung geben.«

»Richtig, aber so setze ich lieber niemanden auf ihn an?«

Langsam nickte Tucher.

»Ich halte auf jeden Fall nach ihm Ausschau. Darf ich ihn verhaften, falls er nicht freiwillig mit zum Verhör kommt?«

Der Ratsherr schürzte die Lippen. »Er war edel gekleidet, sagst du?«

»Richtig.«

»Dann könnte es ziemlich beschämend für uns werden, falls er ein hoher

Herr oder tatsächlich ein Edelmann ist, trotzdem dürfen wir kein Risiko eingehen. Die Kleidung könnte er ja auch gestohlen haben. Wer war der zweite Verdächtige?«

»Das war am selben Abend. Ein Bettler, der hat die Leute frech um Almosen gebeten, stammt angeblich nicht aus der Stadt. Er hat sogar so getan, als wollt er am liebsten ins Loch geworfen werden, damit er was zu essen und einen Platz zum Schlafen bekommt. Einen großen Sack, schon etwas löchrig, hat er dabeigehabt. Doch wenn darin seine Beute war, hätte er wahrscheinlich keine freche Lippe mehr riskiert.«

Tucher nickte. »Wozu sich dann wegen unerlaubten Bettelns erwischen lassen? Da ist unser Geck schon der bessere Verdächtige. Wie hat er gesprochen, gebildet oder eher so, als würde er sich verstellen, anstrengen?«

Max rieb sich die Stirn, während er sich die Stimme in Erinnerung rief. »Das hat schon gepasst.« Er lächelte. »Hat ähnlich wie Ihr geredet, wenn Ihr es mit einfachen Leuten wie mir zu tun habt, also doch anders, als Ihr mit einem Herrn Imhoff oder Paumgartner redet.«

Tucher sah ihn anerkennend an. »Dir fällt so was auf, das ist gut. Untereinander müssen wir auch ein bisserl angeben, wie gestelzt wir daherreden können, wenn wir wollen.« Er blickte sich in der Stube um. »Sonst noch was? Vorschläge?«

Frantz überlegte schon die ganze Zeit, wie er am besten helfen konnte. Besonders wichtig war jetzt festzustellen, wer der Mann in Scheurls Anwesen gewesen war. Das trockene Wetter versprach zu halten, also schlug er vor: »Ich könnte nach Heroldsberg reiten und den Richter nach diesem verdächtigen Burschen fragen. Dann wissen wir, ob seine Geschichte stimmt. Vor Garaus könnte ich zurück sein, wenn ich gleich aufbreche.«

Erleichterung machte sich in Tuchers Gesicht breit. »Das ist gut! Falls der Mann gelogen hat, wird der Richter wahrscheinlich gleich zurückkehren wollen, um festzustellen, ob er ebenfalls bestohlen wurde. Christoph Scheurl besitzt außerordentliche Schätze, und sein Anwesen muss einen Dieb verlocken, der sich hier halbwegs auskennt. Wir – also die Reichsstadt Nürnberg – bringen gern Fürsten bei ihm unter, wenn sie zu Besuch kommen.

Das Scheurl-Anwesen mit seinem prächtigen Innenhof macht was her, und natürlich ist es komfortabler als die Burg.«

Frantz hatte sich schon öfter gefragt, warum die Veste nicht bewohnt wurde, obwohl in der Stadt beträchtlicher Platzmangel herrschte. Offenbar konnte Tucher ihm die Frage an der Nase ablesen, denn jetzt lächelte er. »Ihr wart noch nie in dem alten Gemäuer?«

Frantz schüttelte den Kopf. Das Tor war ja immer verschlossen.

»Die Burg ist schon ein paar hundert Jahre alt, allein, den Kasten warm genug zu halten, damit man es dort aushalten kann, würde ein Vermögen kosten. Wasser muss man mühsam aus dem 150 Ellen tiefen Brunnen schöpfen oder aus der Stadt den Berg hinaufschleppen. Falls Nürnberg eines Tages wieder belagert werden sollte, wird uns die Veste als letzte Verteidigungsanlage gegenüber dem Feind dienen.«

»Ihr denkt an den Markgrafen?«

»Natürlich.« Ein hämisches Lächeln stahl sich auf Tuchers Lippen. »Die Markgrafen von Brandenburg-Ansbach waren früher die Burgherren in Nürnberg. Heute können wir die Veste gegen sie einsetzen.«

Ungeduldig trat Max von einem Bein aufs andere. »Wir machen uns dann besser an die Arbeit. Ich schicke alle verfügbaren Leute los, um herauszufinden, welche Häuser leer stehen. Sie sollen einfach überall klopfen. Wenn jemand daheim ist, können sie die Herrschaften warnen. Den Torwächtern erzählen wir vorsichtshalber auch von dem Bettler.«

»Sehr gut. Anschließend gehst du zum Nützel. Vielleicht fällt dir etwas auf, wie der Dieb reingekommen sein könnte. Meister Frantz, Ihr werdet den Anschicker in der Peunt heut nicht antreffen. Sagt einfach dem Stallknecht, dass ich Euch schicke und er Euch ein Ross geben soll.«

»Gut.« Frantz überlegte, ob er etwas brauchte, bevor er aufbrach, doch der Ritt sollte allenfalls eine Stunde dauern, wenn die Wege nicht vereist oder tief verschneit waren. »Ich finde Euch nach meiner Rückkehr entweder zu Hause oder beim werten Herrn Nützel?«, fragte er vorsichtshalber.

»Oder hier, wenn's nicht zu spät wird.«

Frantz verabschiedete sich und fand zu seiner Überraschung Maria vor dem Rathaus wartend. »Was machst du noch hier?«

»Ich bin natürlich neugierig, was ihr ausgeheckt habt.«

»Ich muss nach Heroldsberg reiten, bin aber bestimmt in ein paar Stunden zurück.«

»Ich begleite dich zur Peunt. Brauchst du was für unterwegs? Bist du warm genug angezogen? Vielleicht solltest du die Joppe aus Schaffell anlegen! Was machst du dort?«

Frantz lachte. »All die Fragen beantworte ich dir auf dem Weg.«

Sie marschierten schnellen Schritts zur Barfüßerbrücke, während Frantz seinen Auftrag erklärte.

»Das ist ja spannend. Kathi und ich könnten helfen und bei den ganzen Herrenhäusern vorsprechen.«

»Stimmt, das wäre den Leuten sicher lieber, als einen Stadtknecht oder Schützen an Weihnachten vor der Tür zu finden – oder, Gott bewahre, den Henker! Lauf zur Schützenstube. Vielleicht findest du Max und Tucher noch dort, um dich mit ihnen abzusprechen.« Er küsste sie auf die Wange und eilte weiter.

* * *

Maria sah ihrem Mann noch ein paar Augenblicke nach. Er wirkte erfreut, auf Verbrecherjagd gehen zu können, oder war es nur das gute Gefühl, gebraucht zu werden – in einer anderen Funktion denn als Henker? Sie wandte sich um und hastete zurück zum Rathaus. Vom ehrenwerten Tucher war nichts mehr zu sehen, doch Max gab gerade drei Schützen und einem Stadtknecht Anweisungen, als sie in die Stube platzte. »Dein Weib und ich könnten dabei helfen, in den Häusern der Kaufleute nachzufragen.«

»Natürlich, Maria!«, rief Max erfreut. »Lauf zu Kathi, Ursel kann auch mitgehen, dann sieht sie die Leute, die sie lieber bestehlen lassen will, statt den Einbrecher zu fangen.« Er zwinkerte ihr zu. »Ihr klappert am besten das Barfüßer- und Kartäuserviertel ab, wir übernehmen die anderen sechs Viertel.« Grinsend senkte er die Stimme. »Vielleicht zeigen sich ja manche der

Pfeffersäcke besonders dankbar.«

Maria setzte eine strenge Miene auf. »Ts, was sind denn das für respektlose Bemerkungen, mein Lieber?«

Max warf die Hände hoch. »Ich meine nur, die Herren könnten sich mit Spezereien erkenntlich zeigen, wenn wir uns schon an einem Feiertag für sie die Füße platt laufen.«

Auch Maria erlaubte sich jetzt ein Lächeln. »Da hast du vollkommen recht. Gibt's eine Liste, bei wem wir alles vorbeischauen sollen?«

Max kratzte sich den Hals, während er überlegte. »Auf jeden Fall bei Paul Pfinzing, auf der anderen Seite der Barfüßerbrücke.« Dann sah er sie verwundert an. »Kannst du lesen?«

Stolz nickte sie. »Ich hab mit Jorgen angefangen, es zu lernen. Die Gelegenheit wollte ich mir nicht entgehen lassen, wenn mein Mann schon so viel schreibt und deine Kathi als Findel so viel gelernt hat. Wenn ich weiß, was da ungefähr stehen könnte, kann ich die Wörter ganz gut entziffern.«

»Oje, bald schreibst du auch noch schöner und schneller als ich.« Zu den Schützen sagte er: »Lauft schon los.« Etwas missmutig suchte er Zettel, Feder und Tinte, dann schrieb er noch ein paar Anwesen auf. »Wenn ihr fertig seid, treffen wir uns hier wieder oder im Henkerhaus.«

Maria lächelte. »Bei uns, wir haben noch Reste vom Weihnachtsbraten.«

Max grinste. »Das wollt ich hören.« Er reichte ihr das Blatt. »Hoffentlich kannst du mein Gekritzel lesen.«

»Du schreibst deutlicher als Jorgen.«

»Das will was heißen. Ich geh als Erstes zum Löffelholz-Anwesen an der Füll. Ist ja gleich ums Eck, dann schau ich mir das Nützel-Haus an. Müsste doch mit dem Teufel zugehen, wenn's nicht irgendwelche Spuren gibt.«

Sie trennten sich an der Sebalduskirche, wo Maria glücklicherweise Kathi und Ursel im Gespräch mit einer Nachbarin entdeckte. So musste sie wenigstens nicht bis zu deren Turmwohnung laufen und sie wieder aufscheuchen, nachdem sie gerade erst heimgekommen wären. Sie berührte ihre Freundin an der Schulter.

»Maria, was ist? Gibt's was Neues über den Einbrecher?«

Sie war also auch neugierig. »Nein, aber ihr könnt mir helfen, bei einigen Herrenhäusern vorbeizugehen. Falls jemand daheim ist, warnen wir die Bewohner, falls nicht, sollen die Anwesen besonders beobachtet werden.«

»Gern!« Kathis Augen funkelten. Dann wurde ihre Miene ernst, und sie sah Ursel an. »Du gehst nach Hause.«

»Max meint, sie soll ruhig mitkommen und sehen, bei wem es etwas zum Stehlen gibt. Dann tun ihr die Leute vielleicht doch leid.«

Verärgert warf Ursel den Kopf in den Nacken. »Natürlich tun sie mir leid, aber ... Ach, was red ich.«

Maria fand, die Maid geriet ganz nach ihrer Mutter, die sich ebenfalls nichts einreden ließ. »Wir sollen das Barfüßer- und das Kartäuserviertel übernehmen. Schau, diese Liste hat dein Mann für uns geschrieben.«

»Ach?« Kathi musterte den Zettel und lächelte. »Da hat er sich ja richtig bemüht.«

»Aber sicher.«

Sie spazierten los, Ursel folgte in einigem Abstand, als würde sie überhaupt gar nichts mit der Verbrechersuche zu tun haben wollen.

Kathi sah sich nach ihr um. »Ich weiß nicht, woher das Kind das hat.«

Maria konnte sich ein Schmunzeln nicht verkneifen. »Ich hab da eine Ahnung.«

»Wie bitte?« Ihre Freundin zog die Augenbrauen hoch und sah sie misstrauisch von der Seite an.

»Von Max jedenfalls nicht.« Jetzt feixte Maria ganz offen.

Kopfschüttelnd sagte Kathi: »Ich weiß gar nicht, wie du auf so was kommst. Wohin gehen wir zuerst?«

»Zu den Schlüsselfelders. Die wohnen in dem Turm gegenüber der Lorenzkirche. Frantz reitet übrigens nach Heroldsberg, um mit dem Richter zu reden. Bei dem könnte auch eingestiegen worden sein. Bei seinem Haus hat dein Mann einen verdächtigen Kerl gesehen, gekleidet wie ein Herr. Hat dir Max mehr erzählt, wie der ausgesehen hat?«

»Oh ja, einen sehr schönen Umhang aus dunkelrotem Barchent hat er getragen, einen großen Lederbeutel um die Schulter. Da könnte die Beute dringewesen sein. Und eine dicke Goldkette hat er um den Hals gehängt. Was noch? Die Stiefel sind Max aufgefallen, ganz feines Leder, nicht wirklich zum Reiten geeignet, oder um durch Schlamm und Schnee zu stapfen.«

»Das klingt sehr ungewöhnlich.«

»Ja, aber sag, warum schicken sie ausgerechnet den Nachrichter zum Scheurl? Entschuldige, ich mein das nicht abfällig, aber irgendein Bote hätte doch auch gereicht.«

»Wahrscheinlich hätten sie einen auftreiben können, aber Frantz hat sich erboten. Ich glaub, es gefällt ihm, wieder einmal aus der Stadt zu kommen, sich nützlich zu machen. In den letzten Monaten war ja recht wenig los für ihn. Über die Feiertage ist er ganz seltsam geworden.«

Kathi blieb stehen und sah sie besorgt an. »Wie seltsam?«

»Seltsam passt nicht recht.« Maria seufzte. »Ich weiß nicht, wie ich sagen soll. Wir beide träumen still und heimlich davon, Jorgla auf die Lateinschule zu schicken und ihn studieren zu lassen. Passieren wird das wahrscheinlich nie, aber es ist ein schöner Gedanke. Aber dann hat Frantz auch noch davon geredet, wie schön es wäre, nicht mehr Henker zu sein, nur noch als Heiler zu arbeiten.«

»Na, so was, aber er hat sich doch auf Lebenszeit als Nachrichter verpflichten lassen?«

»Richtig, und damals war er sehr froh drum.«

»Ich will auch studieren!«, rief Ursel, die lautlos zu ihnen aufgeschlossen hatte.

»Ich auch«, sagte Kathi und zwinkerte Maria zu. »Telogie oder wie das heißt. Religion. Und dann werde ich Priesterin.«

Ursel klappte der Mund auf, da brach ihre Mutter in gackerndes Gelächter aus, und Maria fiel ein. Die Kleine stöhnte. »Ich weiß schon, warum alle sagen, Weiber sind blöd.«

Kathi packte sie am Handgelenk. »Kind, willst du uns beleidigen?«

Ursels Mundwinkel zuckten. Sie setzte eine Unschuldsmiene auf. »Aber nein, Mutter, ich hab doch nur wiederholt, was ich gehört habe.«

»Dumm bist du nicht, womit das Geschwätz der Leute widerlegt wäre.«

»Genau, liebe Mutter.« Damit sprang sie voraus.

Kathi seufzte. »Sind alle Kinder in dem Alter so frech?«

»Ich fürchte, das wird noch schlimmer, wenn sie erst zwölf oder dreizehn sind. Aber momentan kriegt sie immer mehr über die Verkehrtheit der Welt mit. Das eine sagen, das Gegenteil tun. Wer macht das nicht manchmal? Jorgla hat uns übrigens erwischt, wie wir die Gaben auf der Kleidung ausgebreitet haben.«

»Schade. An so was hält sich Ursel immer noch gern fest. Selbst wenn sie mitkriegen würde, dass wir die Leckereien verstecken, würde sie das wahrscheinlich nicht zugeben. Denkst du, Jorgla könnte wirklich auf die Lateinschule gehen?«, fragte Kathi mit Bewunderung in der Stimme.

»Ich weiß es nicht, aber vielleicht legt sich Frantz gerade deshalb jetzt so ins Zeug. Hoffentlich macht er keine Dummheiten.«

Kathi lachte hellauf. »Dein Mann? Wann hätte der jemals Dummheiten gemacht?«

»Das fragst ausgerechnet du?«

Kathis Hand flog zu ihrem Mund. »Herrje, was red ich da. Aber das scheint schon eine Ewigkeit her, seit er mir im Lochgefängnis geholfen hat.« Sie schüttelte den Kopf. »Das war wirklich sehr gewagt von ihm, auch noch Max zu einer heimlichen Hochzeit im Loch einzuschmuggeln …« Sie schüttelte den Kopf und strahlte übers ganze Gesicht. »Das werde ich ihm nie vergessen.« Kathi hakte sich bei ihr unter. »Und so hab ich meine beste Freundin gefunden.«

Kapitel 4:
Unfrohe Botschaft

Max war schnell nach Hause gelaufen, um seine Stadtknechtstracht anzulegen. Kathi hatte den Riss am Knie schon geflickt. Sehr gut. Vorsichtshalber hängte er sich neben dem Schwert am Gürtel noch eine Faustbüchse um die Brust, bevor zurück in die Stadt eilte.

Obwohl durch die Läden keinerlei Licht drang, pochte er an die schwere Eichentür der Löffelholz. Während er wartete, musterte er das Tor, entdeckte natürlich keine Einbruchsspuren. So nah bei der Schützenstube wäre ein Einbruch der schiere Leichtsinn. Nichts rührte sich. Er trat zurück und blickte das dreistöckige Gebäude hinauf. Alle Läden waren geschlossen. Noch einmal hämmerte er mit der Faust gegen die Tür. Im Nachbarhaus öffnete sich ein Fenster. Eine ältere Frau mit kunstfertig bestickter Haube steckte den Kopf heraus. »Die Löffelholz sind fort, alle miteinander zu Verwandten aufs Land gefahren.«

»Hab's mir schon gedacht. Weißt du, wann sie zurück sein werden?«

»Das sag ich nicht, am Ende willst du bei den Herrschaften einsteigen.«

Max atmete tief durch und zupfte an seiner schwarz-roten gepluderten Kniehose. »Schau ich so aus? Ich bin Stadtknecht.«

»Ja und? Das will nichts heißen. Stadtknechte und Schützen sind oft das schlimmste Gelichter.« Schon flog der Laden wieder zu.

Was für eine Frechheit – und das an Weihnachten. Er rüttelte an den Läden im Erdgeschoss. Alles wirkte gut verriegelt. Missmutig klopfte er an den Laden der Nachbarin. Sie war offenbar am Fenster geblieben, um zu hören, was er trieb, denn sie öffnete sofort. »Was noch?«

»Hör zu, beim werten Hans Nützel ist jemand eingestiegen. Deshalb wär's gut, wenn du weiterhin ein wachsames Auge auf seltsame Leute hast, die sich hier grundlos herumtreiben, sich gar an Fenstern oder Türen zu schaffen machen.«

Die Frau hob die Hand vor den Mund. »Beim Nützel sagst du? Draußen in Sündersbühl?«

»Nein, hier in der Stadtwohnung.«

»Nicht zu glauben!«

»Ganz recht. Gibt's hier einen Innenhof oder Garten hinter den Häusern?«

»Du meinst, es könnt einer durch den Garten hereingekommen sein? Warte, schauen wir nach. Komm zur Tür.«

Augenblicke später öffnete sich die Tür einige Schritte weiter. »Und so was an Weihnachten«, murrte sie. »Ich bin die Sattlerin. Mein Mann und ich haben gestern Besuch von den Kindern bekommen und von meinem Schwager samt Familie, deshalb sind wir in der Stadt geblieben.«

Max nickte nur, sonst erzählte sie ihm womöglich ihre ganze Lebensgeschichte.

»Komm hier durch.« Sorgfältig schloss sie das Tor hinter ihm und schob den Riegel vor. »Und mein Neffe war auch da, der Sohn von meiner Schwester. Der ist auf Wanderschaft, deshalb sehen wir den inzwischen nur noch selten. Hier in Nürnberg hat er aber seine Lehre gemacht. Er ist ja so ein anständiger Bursche.«

Von dem düsteren Korridor gingen zwei Türen ab, stellte Max fest, während die Worte nur so auf ihn niederprasselten.

»Sein ehemaliger Meister ist als Kompassmacher in der ganzen Gegend bekannt. Meine Schwester, also die Mutter vom Pangratz, wohnt leider in Kremmeldorf bei Scheßlitz. Das ist noch hinter Bamberg, deshalb seh ich die so selten.«

»Kompass?«, rutschte Max heraus, als er die Stiege erreichte, die in den oberen Stock hinaufführte. Außerdem befand sich am Ende des Korridors ein niedriges schmales Törlein, das sicherlich zum Hinterhof führte.

»Ja, das ist so ein Gerät, das einem die Himmelsrichtungen anzeigt. Morgen, Mittag, Abend und Mitternacht.«

»Die erkenn ich doch auch am Sonnenstand«, antwortete er und öffnete die Tür.

»Aber nur, wenn du weißt, wie spät es ungefähr ist. Und auf See willst du's viel genauer haben, besonders nachts willst du nicht plötzlich in die falsche Richtung segeln. Hat er uns alles erklärt.«

»Soso.« Als sie ins Freie traten, entdeckte Max sogleich eine mögliche Schwachstelle. Der Hinterhof war von hohen Gebäuden umgeben, doch ein breites Gittertor erlaubte es, mit Fuhrwerken hereinzufahren und Kohle oder Sonstiges zu liefern. Da konnte man mit etwas Geschick auch ohne Leiter drüberklettern.

Die Sattlerin blieb dicht bei ihm und fragte: »Warst du schon mal am Meer?«

»Ich? Nein.« Was für eine Frage. Da wäre er ja tagelang unterwegs. Er schritt die Wand entlang zum Haus der Löffelholz. Soweit er wusste, lebte die Familie vom Handel mit Zinn und anderen Metallen. Er rüttelte wieder an den Läden. Gut verriegelt. »Scheint alles in Ordnung. Trotzdem wachsam bleiben, das heißt, du solltest erst recht aufpassen.«

Die Sattlerin atmete erleichtert auf. »Was bin ich froh. Meine Nachbarn sind ja sehr nette Leut, und der Hans Wilhelm so ein wichtiger Mann, sitzt im Inneren Rat, und wer weiß, was er sonst noch für Ämter bekleidet, neben seiner Arbeit als Kaufmann.«

»Ja, ja, mit dem hab ich öfter zu tun.« Besonders dann, wenn Löffelholz als Lochschöffe eingeteilt war, aber das ging die Frau nichts an. Max sah zu, dass er wieder auf die Straße kam.

Natürlich folgte ihm die Alte, die ihn erst wie einen Gassenjungen behandelt hatte, und rief: »Weiterhin frohe Weihnachten!«

»Danke, dir auch.« Wie fröhlich stellte sich das Weib sein Weihnachtsfest vor, wenn er einen Einbrecher jagen sollte?

Wie verabredet begab sich Max als Nächstes zu Nützel, wo Tucher ihn hinbestellt hatte. Auch hier konnte er an der Seite zur Straße keine Unregelmäßigkeiten feststellen. Die Läden waren nach außen aufgeklappt und zeigten keinerlei Kratzer von Stemmeisen; die Butzenscheiben waren unversehrt. Er klopfte an die Tür. Ein Diener öffnete beinah sofort. »Gut, dass du da bist. Die Herren warten schon.«

»Habt ihr inzwischen herausgefunden, wie sich der Schuft Zugang verschafft hat?«, fragte Max.

»Nein, es ist und bleibt ein Rätsel! Als hätte er einen Schlüssel gehabt. Doch woher? Hier entlang bitte.« Der Diener führte ihn in ein äußerst gemütlich eingerichtetes Arbeitszimmer. Um den Schreibtisch standen drei gepolsterte Stühle für Besucher. Tucher saß auf einem und blickte über die Schulter, als Max eintrat. Nützel sprang hinter dem Schreibtisch auf. »Gibt's was Neues, Leinfelder?«

»Noch nicht. Könnt Ihr mir zeigen, wo der Einbrecher überall war?«

»Woher soll ich das wissen?«, blaffte Nützel.

Tucher, sichtlich bemüht, seinen Kollegen zu beruhigen, erklärte: »In welchen Räumen wurde etwas entwendet?«

»Ach so. Natürlich. Hier.« Er öffnete eine Lade im Schreibtisch. »Einige Münzen und eine Elfenbeinfigur. Die Lade war zugesperrt, ist aber nicht aufgestemmt worden. Das Schloss ist intakt.« Er ging zur Tür und winkte ihnen mitzukommen. »Aus dem Schlafgemach wurden die besten Kleidungsstücke gestohlen, auch Gewand meiner Frau und Schmuck.«

Um dorthin zu gelangen, mussten sie eine knarrende Stiege hinaufsteigen und drei Türen passieren. Max deutete auf diese und fragte: »In den Zimmern fehlt nichts?«

»Kann ich nicht sagen. Da schlafen die Kinder, und meine Frau hat ein Stübchen für Handarbeiten. Ob im Keller etwas fehlt, weiß ich auch nicht.«

Ohne dass sie es gemerkt hatten, war ihnen der Diener gefolgt und antwortete jetzt: »Zwei Flaschen ungarischen Weins sind aus der Vorratskammer verschwunden. Der, den der werte Herr Karel aus Pressburg mitgebracht hat.«

»So ein Malefizbube! Auf den Tokaier hat sich meine Frau schon gefreut. Ihr sind die meisten Weine zu herb oder zu sauer.«

»Wann kehrt Eure Frau zurück?«, fragte Max.

»Heute Abend. Die ahnt noch gar nichts, wollte sie nicht beunruhigen. Sie kann ja auch nichts tun, außer nachzusehen, ob es weitere Verluste gibt.«

»Bei Eurem Bruder ist ebenfalls eingebrochen worden?«

»Ja, im Hinterhaus. Er verbringt recht wenig Zeit in Nürnberg, deshalb war bei ihm nicht viel zu holen. Wer weiß, ob er nächstes Jahr noch einmal die lange Reise auf sich nimmt, um die Feiertage mit uns zu verbringen.« Nützel schüttelte den Kopf. »Wahrscheinlich nicht, nachdem unser Bruder, der gute Joachim, ihm gestern gröbste Vorwürfe gemacht hat, weil Karl zum katholischen Glauben konvertiert ist. Ich billige das zwar auch nicht, aber was geht's uns an? Nichts!«

»Ist er hier oder ebenfalls noch draußen in Sündersbühl?«

»Er war kurz hier und ist dann zu einem alten Freund gegangen, um dem sein Leid zu klagen.« Nützel lachte auf. »Karl oder Karel, wie er sich jetzt gern nennt, kann gleich zweimal im Jahr Weihnachten feiern, erst nach dem neuen Kalender, dann nach dem alten. Mein Bruder hat das Heilige Land besucht. Der kennt sich aus in der Welt, ist Kammerherr und Rat des Kaisers. Wer will ihm da verdenken, dass er sich das Leben leichter macht, indem er den alten Glauben annimmt?«

Max schwirrte der Kopf von all dem Geschwätz, erst die Sattlerin, jetzt der Schöffe, dabei musste er dringend nachdenken.

Tucher kam ihm zu Hilfe. »Lass gut sein, Hans. Das interessiert den Leinfelder jetzt wirklich nicht, und mir hast du schon alles erzählt. Kümmern wir uns jetzt lieber darum, herauszufinden, wie der Einbrecher ins Haus gekommen ist und ob er weitere Diebestouren plant oder schon hinter sich hat.«

»Wann kommt Meister Frantz zurück?«, fragte Nützel, plötzlich wieder ganz Ratsherr und Schöffe.

»Frühestens in zwei, drei Stunden.« Max räusperte sich. »Darf ich auch noch Fenster und Türen des Hinterhauses sehen? Gibt's eine Verbindungstür zwischen den Gebäuden oder einen Kellergang?«

Nützel kratzte sich die Stirn. »Nicht, dass ich wüsste, aber ich geh auch nie in den Keller.« Er spähte in den Gang hinaus. »Schauen wir nach. Willibald?«

Der Diener steckte den Kopf herein. »Ja, Herr?«

»Zeig uns den Keller.«

»Keller, Herr?«

»Ja, wir haben doch einen, oder nicht?«

»Schon, aber das ist nur ein Loch im Boden unter der Küche, in dem wir Bier, Wein und Essen lagern.«

»Und dort gibt es keine Verbindung zum Haus meines Bruders?«

»Nein, Herr, das hätte ich gemerkt.«

* * *

Wie zuvor blieb Maria auch diesmal ein Stück hinter Kathi zurück. Der Ratsherr und Kaufmann Paul Pfinzing erkannte ihre Freundin bestimmt eher als sie, falls er denn zu Hause war. Kathi klopfte und lächelte ihr aufmunternd zu. »Der ist sehr nett, aber frag ihn nicht nach Kartenmalerei, sonst stehen wir hier ewig.«

Maria unterdrückte ein Lachen, da gerade in diesem Moment die Tür geöffnet wurde. Ein nachlässig gekleideter Mann schaute heraus. »Ja bitte?«

»Ist die Herrschaft daheim?«, fragte Kathi.

»Nein, der Herr Pfinzing verbringt die Feiertage auf Schloss Henfenfeld, dem Stammsitz des Geschlechts.«

»Und du passt aufs Stadthaus hier auf?«

»Ganz recht, ich bin der Hausel.«

»Wären nur alle Herrschaften so vernünftig, jemanden zurückzulassen. Mir scheint, die meisten nehmen das halbe Gesinde mit und schicken die andere Hälfte auf Familienbesuch.«

»Meine Familie lebt zum großen Teil hier in Nürnberg, die meiner Frau ebenfalls, deshalb hüten wir gern über die Feiertage das Haus.«

»Bei den Herren Nützel ist eingestiegen worden. Sei also auf der Hut.«

»Herrje, was für eine Gemeinheit, am Fest der Geburt unseres Herrn so ein abgefeimtes Verbrechen zu begehen!«

Da waren sich alle einig. »Ist womöglich die beste Zeit«, rutschte Maria heraus, dabei hatte der Mann ihr bisher keine Beachtung geschenkt.

Er musterte sie missbilligend, dann verwundert. »Du bist die Henkerin.«

»Ja, und meine Freundin ist die Frau des Stadtknechts Leinfelder. Weil so wenig Ordnungshüter in der Stadt sind, haben wir uns angeboten, die Herrschaftshäuser hier im Viertel abzulaufen und Bescheid zu geben.«

»Dann danke ich euch beiden sehr. Wir werden vorsichtig sein.«

Sie verabschiedeten sich und spazierten weiter. Ursel begann, mit den Füßen zu stampfen. Das war ja putzig. »Junge Maid, vielleicht solltest du dir mit Krautstampfen etwas Geld verdienen«, frotzelte Maria.

Ursel wirbelte herum und machte ein ganz erbärmliches Gesicht. »Mir ist kalt und langweilig. Ist ja auch nirgends was passiert.«

»Sei froh«, ermahnte Kathi. »Wieso gehst du nicht heim und sagst unterwegs noch den Endters Bescheid. Vielleicht hat ihre Tochter Zeit, mit dir zu spielen.«

Ursels Augen weiteten sich. »Meinst du, bei denen könnt auch eingestiegen werden? Die sind doch gar nicht so reich.«

»Kommt drauf an, wen du fragst. Arme Leute sind das jedenfalls nicht.«

»Das wär gemein! Ich werd sie warnen.« Und schon eilte die Kleine in Richtung Marktplatz davon.

Maria wartete, bis sie außer Hörweite war. »Und plötzlich ist es eine Gemeinheit. Das hast du schön gedeichselt, meine Liebe.«

Kathi strahlte. »Ich kenn doch meine Ursel.« Dann verdüsterte sich ihr Gesicht.

»Was ist?«, fragte Maria.

Ihre Freundin hakte sich unter. »Ich glaub, ich hab vor zwei Wochen einen Abgang gehabt. Meine Monatsblutung war schon bald acht Wochen überfällig. Zum Glück hab ich Max noch nichts davon erzählt gehabt, sonst wär er wohl recht enttäuscht gewesen.«

»Du Ärmste.« Maria drückte Kathis Hand. »Das ist wirklich schade.«

»Es könnt schon öfter vorgekommen sein, nur hab ich's da nicht so heftig gemerkt. Es scheint, als könnt mein Leib kein Kind mehr behalten. Ich versteh's nicht, aber die Hebamme hat gemeint, sie kennt ein Paar, bei dem es genauso ist. Ein Kind, dann nur noch Abgänge.« Sie wandte den Kopf in die Richtung, in der Ursel verschwunden war. »Umso wichtiger ist es mir natürlich, dass es unserem Töchterchen gut geht.«

»Das versteh ich, und sie ist ja auch ein prächtiges Mädel, hübsch und klug.« Maria lächelte. »Genug zu tun werdet ihr mit ihr haben, bis sie eines Tages unter der Haube ist.«

»Könnt schon sein. Wohin müssen wir denn jetzt noch?«

»Zum letzten Haus auf unserer Liste, dem von Magdalena und Balthasar Paumgartner, Sohn und Schwiegertochter des Pflegers von Altdorf.«

»Ach, bei denen haben doch die Stadtknechte während des letzten Sterbenslaufs Einbrechern eine Falle gestellt!«

»Ja, ich glaub, das war in dem Haus.«

»Vielleicht sollten wir das wieder machen?«

»Nur sind recht wenige Stadtknechte verfügbar«, erinnerte Maria sie.

»Stimmt, und wir beide wären damit doch etwas überfordert, auch wenn ich schießen gelernt hab.«

»Um Himmels willen, bloß nicht. Falls sie daheim sind, geht's eh nicht.« Die Frau kannte Maria, weil sie mit ihrem kleinen Sohn schon bei Frantz zur Behandlung gewesen war. Der Bub litt unter hartnäckigen Würmern. Nichts hatte die bisher völlig ausmerzen können, aber vielleicht half ihm das neue Kraut ja besser, das Frantz der Paumgartnerin gegeben hatte. Diesmal klopfte Maria selbst und erklärte ihrer Freundin: »Wahrscheinlich sind sie über die Feiertage in Altdorf im Pflegschloss, aber ich leg mich bestimmt nicht mit Einbrechern an!«

Zu ihrer Überraschung öffnete eine Magd. »Was wünscht ihr?«

»Ist deine Herrschaft daheim?«, fragte Maria.

Die Frau schnaubte. »Der Herr ist schon seit der Herbstmesse unterwegs. Derzeit weilt er in Italien. Kommt in zehn Wochen noch einmal vorbei oder gar erst nach der Frühjahrsmesse, falls er es vorher nicht mehr nach Nürnberg schafft.«

Maria klappte der Mund auf. Der Kaufmann kam ganz schön weit herum. »So lang können wir nicht warten. Ist deine Herrin zu sprechen?«

»Ja, heute ist es auch etwas ruhiger. Wer bist'n du?«

»Maria Schmidtin, Ehewirtin des Nachrichters.«

»Hoppla, da frag ich lieber.« Die Magd schloss die Tür.

Kathi sah sich um. »Mich brauchst du dafür nicht, oder? Ich schau dann in der Schützenstube nach Max. Vielleicht hat er schon was herausgefunden.«

»Ja, geh ruhig, ich muss auch bald nach Hause. Der kleine Stefla könnt allmählich wach werden, und für Apollonia wird's ungemütlich, wenn ich nicht da bin, um ihn zu stillen.«

Kurz nachdem sich Kathi auf den Weg gemacht hatte, öffnete die Magd wieder. Neben ihr stand Magdel Paumgartnerin und strahlte Maria an. »Komm herein, Schmidtin. Was führt dich zu uns?«

Maria folgte den beiden in eine behagliche Kammer mit gepolsterten Stühlen und einem hübschen Tischchen mit aufwendig geschnitzten Beinen. In einer Ecke stand ein mit Leder überzogenes Spielzeugpferd, der Rücken etwa drei Ellen hoch. Frische Tannenzweige mit roten Schleifchen zierten die Fensterrahmen und dufteten herrlich. Zwei Engelsfiguren aus Wachs standen auf dem Sims. Durch die Butzenscheiben drang viel Licht! Ach, wenn sie sich doch auch welche leisten könnten.

»Möchtest du etwas trinken?«, fragte die Paumgartnerin und setzte sich.

»Nein, danke, ich hab nicht viel Zeit.« Trotzdem ließ sich Maria der Frau gegenüber nieder, um zu erfahren, wie es sich anfühlte, auf Polsterstühlen zu sitzen. Sehr angenehm. Am liebsten hätte sie gefragt, wie viel so einer kostete, aber das gehörte sich wirklich nicht. »Leider bringe ich keine so guten Nachrichten.«

»Dass der alte Bayr endlich friedlich hat sterben dürfen, weiß ich schon.«

»Was, wie? Ach, der Bayr! Das hab ich noch gar nicht mitgekriegt, nur dass der Gute nichts mehr gegessen und getrunken hat.«

Die Paumgartnerin nickte und wirkte wahrlich bedrückt. »Es ist schlimm, wenn man so alt und krank ist, und doch ewig nicht sterben kann. Aber nun hat er es hinter sich.«

Maria nickte, aber übereilen musste man es mit dem Sterben auch nicht. Und da sie schon von Kranken sprachen, fragte sie nach dem Sohn. »Wie geht es dem Balthasla?«

Da hellte sich das Gesicht der Paumgartnerin auf. »Eigentlich ganz gut, aber er hat einen Ausschlag am ganzen Körper, als hätt ihn die Wäscherin verbrüht.«

»Das hab ich von anderen Kindern auch schon gehört. Da geht wohl was um.«

»Wahrscheinlich. Die Würmer ist er zwar nicht ganz los, aber es sind wenig, und er fühlt sich wohl.« Sie gluckste. »Ansprüche hat der Bub, du glaubst es nicht. Hat er auf seinen Wunschzettel für die weihnachtliche Bescherung doch tatsächlich ein echtes Pferd geschrieben.«

Maria musste an die karge Bescherung im Henkerhaus denken. Und doch hatten sich alle gefreut, also kein Grund, anderen etwas zu missgönnen. »Ich schätze, er hat keines bekommen?«, vermutete sie.

»Nein, das wär ja noch schöner. Was will er jetzt schon mit einem Pferd? Ich hab ihm wieder saflorfarbene Strümpfe geschenkt. Die letzten, die ihm mein Gatte von der Frühjahrsmesse mitgebracht hat, waren schon durchgelaufen. Das sind so feine Strümpf, wie sie die vornehmen Studenten in Altdorf gern tragen, aber nichts für einen Jungen, der sie nur kaputtmacht. Trotzdem bildet er sich die immer wieder ein.«

»Dann wird er bestimmt eines Tages auch studieren.« Sie lächelte und stellte sich vor, dass der Bub womöglich gar mit ihrem Jorgla studieren würde.

»Ja, unbedingt. Schreiben kann er schon ganz gut. Ich schick meinem Ehewirt jede Woche einen Brief nach Lucca, und meist schreibt der Balthasla etwas dazu. Ach, in Italien ist die Teuerung dieses Jahr schlimm! Die Kornernte war so schlecht, die Leute essen in ihrer Not, was sie eigentlich für die Aussaat im Frühjahr zurückgelegt haben, um nicht zu verhungern. Wobei das natürlich nicht alle tun können.« Magdels Augen glänzten feucht. »Genug arme Leut sind schon verhungert. Was geht's uns doch gut hier.«

»Weiß Gott«, antwortete Maria und konnte sich kaum vorstellen, was so eine Knappheit an Brot und Getreidebrei bedeuten würde. »Das hört sich schlimm an. Wenn ich's mir recht überlege, ist da mein Anliegen vergleichsweise … bedeutungslos.«

»Ach ja, sprich, bevor ich weiter sonst was erzähle.«

»Bei dem werten Herrn Nützel ist jemand eingestiegen und hat allerlei kostbare Sachen und Geld gestohlen. Jetzt an den Feiertagen.«

»Ist das die Möglichkeit? Beim Herrn Joachim Nützel draußen in Sündersbühl?«

»Nein, hier in der Stadt bei Hans Nützel und seinem Bruder.«

»Was? Das ist ja gleich noch frecher. Übrigens, der Karl Nützel, hast du gewusst, dass der zum alten Glauben konvertiert ist?«

»Ähm, nein.« Marias Ungeduld wuchs. So interessant das alles war, hatte sie doch nicht so viel Zeit. »Aber deswegen muss er ja kein schlechter Mensch sein. Weshalb ich eigentlich gekommen bin: Ich helf dabei, die Leute zu warnen, und schau nach, welche Häuser über die Feiertage sonst noch verlassen sind, damit die Stadtknechte ein besonderes Auge drauf haben können.« Sie stand auf. »Nun muss ich auch schon weiter.«

»Ja, dann halte ich dich nicht länger auf. Ich sag dem Gesinde Bescheid.«

Im Korridor lungerte Balthasla herum und sah sie verschmitzt an. »Schau, wie rot ich bin, Maria!« Er schob die Ärmel zurück und hob das Hemd hoch.

So etwas hatte Maria noch nicht gesehen. Die Rötung war kaum fleckig, sondern recht gleichmäßig. Sie legte ihm eine Hand auf die Stirn. Kein Fieber. Sie lächelte. »Du Lauser lässt dir immer was Besonderes einfallen, wenn du krank wirst.«

Der Bub lachte. »Genau! Aber ein Pferd hab ich immer noch nicht gekriegt.«

»Bist du überhaupt schon groß genug, um auf ein Pferd aufzusteigen?«, fragte sie.

Kurz arbeitete es im Gesicht des Jungen. Er spitzte die Lippen, kniff die grünbraunen Augen halb zu und legte den Kopf schief. »Ein kleines Pferd tät mir genügen, und der Knecht kann mir anfangs in den Sattel helfen.«

»Das stimmt, aber deine Eltern wollen natürlich das Beste für dich. Möglichst kein gebrochenes Bein und so.« Maria zerstrubbelte ihm die dunkelblonden Haare, die ihm bis zur Schulter reichten.

»Das will ich auch nicht, aber es muss mich ja nicht abwerfen. Ich will ein liebes Pferd!«

»So ein Ross hat oft seinen eigenen Kopf«, warnte sie, obwohl sie von Pferden nichts verstand.

Lächelnd verließ Maria das Haus und schlug den Weg zum Henkerturm ein. Dann fielen ihr Kathis traurige Worte wieder ein. Ob es der Paumgartnerin ähnlich ging? Balthasar war ihr einziges Kind geblieben. Aber wenn ihr Mann so viel unterwegs war, überraschte das auch nicht weiter. Was war sie selbst doch gesegnet. Vier ihrer sechs Kinder hatten überlebt. Und mit Gretel und Vitus hatte sie wenigstens ein paar schöne Jahre verbringen dürfen. Tränen brannten Maria dennoch in den Augen. Viel zu früh hatte der Allmächtige ihre Erstgeborenen zu sich geholt.

* * *

Frantz kam zügig voran auf den ungewöhnlich einsamen Wegen. An den Feiertagen waren kaum Händler, Karrenmänner oder Bauern unterwegs, allenfalls Reisende auf Familienbesuch. Je weiter er sich von Nürnberg entfernte, umso häufiger sah er verschneite Wiesen und Felder, doch dieses Jahr kam der Winter wirklich spät. Jetzt war ihm das allerdings nur recht. In einen seiner gestrickten Handschuhe hatte er ein Loch gerissen, und er dachte sehnsüchtig an seine Jacke aus Schafpelz. Zu spät.

Kurz vor Heroldsberg begegnete ihm eine Gruppe Leute zu Fuß, dem Anschein nach eine große Familie, mit Kindern jeden Alters und einem uralt anmutenden Paar. Wie meist, wenn er die Stadt verließ, fragte er sich, ob die Menschen ihn erkennen würden. Er nickte zum Gruß.

»Frohe Weihnachten«, riefen ihm die Leute zu, also erwiderte er den frommen Wunsch. Eine ältere Frau tuschelte einer jüngeren etwas zu, die ihn sogleich aufmerksam musterte. Er war erkannt worden.

Schon von ferne sah er den hohen spitzen Turm, der zu einer Wehrkirche gehörte. Ein Zeugnis ewiger Streitigkeiten benachbarter Herren um Grenzverläufe, Gerichtsbarkeit und was ihnen sonst noch als Grund einfiel, in den Krieg zu ziehen. Gleich mehrere schlossartige Herrenhäuser stachen ihm ins Auge. Das Gelbe Schloss musste das neu gebaute sein. Er ritt darauf zu und hielt vor dem offenen Tor. Im Hof herrschte fröhliches Treiben. Das Gesinde briet ein Schwein und auch Geflügel, soweit er es sehen konnte. Durfte er als Henker einfach zu ihnen gehen? Er stieg ab und führte das Ross ein paar Schritte in den Hof hinein. Da bemerkte ihn ein junger Bursche und schlenderte zu ihm. »Ihr wünscht?«

»Den Richter Scheurl möchte ich sprechen, wenn ich nicht allzu ungelegen komme.« Was redete er da? Einfach wieder zurückzureiten kam gar nicht infrage. »Es ist wichtig«, fügte er deshalb hinzu.

»Das ist jetzt ganz schlecht. Die Herrschaften machen vielleicht einen Mittagsschlaf nach dem üppigen Festmahl.«

»Ich bin extra aus Nürnberg hergeritten, gleich nach dem Gottesdienst.« Er schaute in Richtung der Bratroste und dachte daran, dass er kein Festmahl hatte genießen können, sprach es aber nicht aus.

Der Mann seufzte. »Ich schau, ob ich den Richter finde, aber aus dem Bett hol ich ihn nicht für Euch.«

»Dank dir. Sprechen muss ich ihn so oder so, notfalls übernachte ich hier.«

Verdutzt stierte der Kerl ihn an. »Wer seid Ihr?«

»Frantz Schmidt, Nachrichter zu Nürnberg.«

»Ähm, ja dann. Bin gleich wieder da. Wollt Ihr einen Bissen essen?« Er blickte zu den Spießen, um die sich das Gesinde schwatzend scharte.

»Danke, nicht nötig, außer der hohe Herr muss wirklich erst noch ein Schläfchen beenden.«

Der Bursche eilte davon, wurde jedoch immer langsamer, je näher er dem Herrenhaus kam. Die Aufgabe, den Richter zu stören, behagte ihm offensichtlich nicht. Frantz tat es leid, ihm Ungemach zu bereiten. Er hoffte, dass sich der verdächtige Besucher in Scheurls Haus doch als Verwandter erwies, dann könnte der Richter den Rest des alten Jahres unbeschwert genießen. Frantz band das Ross an der Tränke fest und streute Hafer in einen Eimer. Alsbald rief der Bursche seinen Namen und winkte ihn zum Eingang.

Alle Blicke der im Hof Versammelten richteten sich nun auf ihn, also beeilte er sich lieber, ins Innere zu gelangen. Richter Scheurl, in einen Schlafrock gehüllt, die Haare wirr um das Gesicht hängend, empfing ihn im Eingangsbereich und sah alles andere als begeistert aus. Beinah hätte Frantz ihn nicht erkannt, da der Mann sonst der Inbegriff ordentlichen und würdevollen Auftretens war.

»Meister Frantz, was zum … Was tut Ihr hier?«

»Verzeiht die Störung. Ich hab nur eine kurze Frage. Habt Ihr jemanden gebeten, Euch aus Eurem Anwesen in der Reichsstadt etwas mitzubringen, nachdem Ihr hier angekommen wart?«

Der Herr blinzelte mehrfach. »Wie? Wovon sprecht Ihr? Wer war in meinem Haus?«

»Max Leinfelder hat gestern am frühen Abend einen edel gekleideten Herrn aus Eurem Anwesen unter der Veste kommen sehen und ihn zur Rede gestellt. Dieser wusste, dass Ihr verreist seid, und gab vor, in Eurem Auftrag etwas zu holen«, erklärte Frantz und beobachtete, wie sich die Miene des hohen Herrn immer mehr verdüsterte.

»Was für eine Unverfrorenheit!«, stieß Scheurl hervor.

»Der Mann war also nicht auf Eure Bitte hin bei Euch zu Hause?« Frantz wunderte sich allmählich, dass man einem so hochgelehrten und in Rechtsangelegenheiten erfahrenen Mann alles aus der Nase ziehen musste, doch Scheurl war sicherlich noch ganz schlaftrunken.

»Es gibt nur vier Leute, die einen Schlüssel zu meinem Haus haben, und die sind alle hier.« Er starrte auf ein Fenster mit Butzenscheiben, als suchte er nach einer Erklärung, dann schüttelte er den Kopf. »Das ergibt alles keinen Sinn.«

Frantz nickte. »Beim werten Hans Nützel ist eingebrochen und viel gestohlen worden, deshalb sind wir überhaupt misstrauisch geworden.«

»Verstehe, dann brauche ich nicht weiter zu überlegen, welcher Schelm mir da einen Streich spielen will. Gebt uns zehn Minuten.«

Verwirrt fragte Frantz: »Um was zu tun?«

»Was wohl? Mein Kammerdiener und ich machen uns reisefertig.« Er eilte zu einer breiten Treppe, »Ich muss nach dem Rechten schauen. Vielleicht lässt sich der Schurke ja noch erwischen, aber jemand muss die Beute identifizieren können.«

Dann hatte sich der Ritt schon zweimal gelohnt. Richter Scheurl brauchte in der Tat nicht lange, bis er sich für die Reise gerüstet hatte. Eine schöne, sehr hübsch herausgeputzte Frau folgte ihm die Treppe herunter und redete auf ihn ein.

Er antwortete: »Ich weiß es doch noch nicht, Sabina. Natürlich hat es niemand gewagt, einfach die Tür zu unserem Anwesen aufzubrechen und nachzuschauen.« Plötzlich hielt er inne und sah Frantz an. »Das stimmt doch, oder?«

»Sicher. Es war bis jetzt nur eine Vermutung, dass Ihr ebenfalls bestohlen worden seid.«

Nun wandte sich die Scheurlin direkt an Frantz. »Aber sagt, wie konnte der Strolch ins Haus kommen?«

»Das ist noch ein Rätsel. Einbruchspuren hat der Stadtknecht nicht gesehen, sonst hätte er den Verdächtigen gleich festgenommen.«

Sie seufzte. »Nachdem es nun sowieso zu spät ist, wünschte ich, Ihr wärt erst morgen gekommen.«

»Vielleicht ist es noch nicht zu spät.« Der Richter warf ihm einen entschuldigenden Blick zu und schlang sich einen Lederbeutel um die Schulter.

Frantz setzte eine bedauernde Miene auf. »Wir wollten so bald als möglich wissen, ob sich der Einbrecher mit der Beute aus dem Nützel-Anwesen zufriedengibt. Nun warnen wir die Herrschaften in der ganzen Stadt. So Gott will, erwischen wir ihn, bevor er sich mit dem Diebesgut – Eurem Eigentum – aus dem Staub machen kann.«

»Natürlich, das wäre wünschenswert.« Ihre Züge wurden weicher. Sie lächelte ihm sogar freundlich zu.

Nun kam auch ein Diener mit mehreren Taschen herbeigetrabt. »Wollt Ihr wirklich reiten, statt die bequeme Kutsche zu nehmen?«

Scheurl wischte die Frage mit einer unwirschen Handbewegung beiseite. »Und meine Ehewirtin mit den Kindern nach Hause reiten lassen, oder wie stellst du dir das vor?«

»Verzeiht, aber ich könnte die Familie ja abholen, wenn es an der Zeit ist.«

Kurz schien der Richter zu überlegen, er blieb jedoch bei seiner Entscheidung. »Zu Pferd sind wir schneller.«

Als sie nach draußen traten, hatte sich die vergnügliche Versammlung des Gesindes im Hof weitgehend aufgelöst, und zwei zusätzliche Rösser standen bereit.

Der Blick des Richters wanderte von den Bratspießen zu Frantz. »Ihr habt Euch hoffentlich in Nürnberg gestärkt, ich will unmöglich länger warten.«

»Nur mit einem Frühstück, aber bei meiner Rückkehr bekomme ich bestimmt ein üppiges Abendbrot.«

»Gut.«

Sie saßen auf und ritten los. Sowie sie die Ortschaft hinter sich gelassen hatten, begann der Richter, ihn auszufragen, obwohl Frantz nur immer wieder bekräftigen konnte, dass er nicht viel mehr wusste.

»Wenn dieser Saukerl meine schönen … Ach, lassen wir das. Es lohnt nicht, sich das Schlimmste auszumalen, wenn es am Ende doch nicht eintrifft.«

Frantz warf dem Richter einen Seitenblick zu und sah, dass sich die Lippen im grimmigen Gesicht weiter bewegten. Als kleinen Trost bot er ihm an: »Immerhin kann Max Leinfelder den Mann wiedererkennen.«

Scheurl nickte. »Das ist schon viel wert.«

Kapitel 5:
Späher und Erspähte

Max schob die kalten Hände in seine Jacke, während er zurück zum Rathaus hastete. In Stadtknechtsgewohnheit wanderte dabei sein Blick herum. Hoppla, war das in der Seitengasse nicht der Bettler? Dieselbe gekrümmte Gestalt in alten Lumpen. Er bog ab. Der Kerl konnte ziemlich schnell laufen, deshalb wollte Max ihn lieber nicht aufschrecken, marschierte ihm jedoch mit weit ausholenden Schritten nach. Sollte er die Faustbüchse herausholen? Nein, der Strolch war vermutlich harmlos.

Fast hatte er ihn eingeholt, als dieser im Weitergehen über die Schulter blickte. Max verlangsamte seine Schritte, benahm sich, als kümmerte der Bettler ihn nicht, doch seine schwarz-rote Hose verriet ihn natürlich. Die Gestalt straffte sich zu voller Höhe. Bevor er losrennen konnte, rief Max: »Ach, du schon wieder? Hab ich dich nicht erst gestern der Stadt verwiesen? Willst doch noch eine warme Mahlzeit im Loch?«

Ein Schritt, dann zögerte der Mann, drehte sich ganz zu ihm um. »Wirklich?«

»Wenn du immer noch magst. Ist ja Weihnachten. Ich hätt nicht so garstig zu dir sein sollen.«

Es wirkte. Der Kerl lächelte sogar. »Aber der Nachrichter wird mich dann nicht aus der Stadt ausstreichen, oder?«

Max hatte ihn erreicht und achtete auf Anzeichen, die auf eine mögliche Flucht hindeuteten. »Kann ich mir nicht vorstellen. Du begehst ja kein Verbrechen, bettelst bloß ohne Erlaubnis, bist ein armer Tropf.«

»Ganz recht. Gehen wir gleich? Ich hab einen Mordshunger.«

»Ja, gehen wir.« Max lächelte und klopfte ihm auf den Rücken. Eine Staubwolke stieg auf. Da hielt er doch lieber Abstand. Auf dem kurzen Weg zum Loch blieb er weiter wachsam, doch der Schelm schien sich wirklich zu freuen. Waren sie erst im Verlies, konnte er auch nichts dagegen machen, dass er und seine Sachen durchsucht wurden.

Auf sein Hämmern ans Gefängnistor hin rührte sich allerdings nichts, also klopfte er bei der ebenerdigen Lochhüterwohnung. Die Schallerin öffnete. »Max, was gibt's denn? Ein Gast für uns, an Weihnachten?«

»Ja, ich hab ihn beim unerlaubten Betteln erwischt.«

Sie legte die Stirn in Falten. »Ach, und dafür belohnst du ihn mit einer Pritsche und einer Mahlzeit?«

Max lächelte, zuckte die Schultern und nickte.

»Na, von mir aus.« Sie rief in die Wohnung: »Eugen, wir haben einen Gast.« An den Bettler gewandt fragte sie: »Hunger hast du, oder?«

»Und wie! Mei, ich dank dir schön, Lochwirtin, das ist ganz lieb.«

»Schon recht.«

Schaller stapfte heraus, betrachtete den Kerl, der keine Eisenschellen trug, dann Max. »Wie lang sollen wir den denn behalten?«

»Na ja, die eine Nacht, denk ich, dann muss er sich schleichen.«

»Den Schöffen sagst du Bescheid?«

»Freilich.«

»Also komm, Bürschla.« Die beiden stapften zum Gefängniseingang.

Die Schallerin sah Max versonnen an. »So kennt man dich gar nicht.«

»Vor dem Kerl wollt ich's nicht sagen. Ihr müsst seinen Sack und auch sein Gewand gut durchsuchen. Ich glaub's zwar nicht, aber er könnt unser Einsteiger sein.«

»Einsteiger? Der beim Nützel eingebrochen ist?«

»Genau, aber wie der das geschafft hat, wissen wir noch nicht.«

»Ist recht, ich geh gleich runter und sag dem Eugen Bescheid.«

»Danke! Wenn ihr was findet, das sich so einer bestimmt nicht leisten kann, sagt gleich Bescheid, dann brauchen wir uns nicht die Nacht um die Ohren schlagen.«

»Verlass dich auf uns.«

»Immer.« Max ging ums Rathaus herum und betrat die Schützenstube. Keiner der Schützen, die er losgeschickt hatte, war zurückgekehrt. Er fragte Schindler: »Du hast noch nichts weiter erfahren, oder?«

»Nein, war keiner mehr da. Und bei dir?«

Er schüttelte den Kopf. »Nichts. Wir haben auch keine Ahnung, wie der Einbrecher beim Nützel reingekommen ist. Du übernimmst die Bereitschaft am Abend?«

»Unmöglich. Wir kriegen doch Besuch von meinen Eltern und von Resi ihrer Familie. Die enterben uns alle, wenn ich heut Abend Dienst mach.«

Max seufzte. »Dann muss ich das wohl übernehmen. Wenn wir nur mehr Leute hätten! Wir sollten eine Bürgerwehr aufstellen, Bewohner der umliegenden Häuser informieren. Dummerweise feiern die Viertelmeister und Gassenhauptmänner auch lieber Weihnachten, statt die Leut aufzuscheuchen. Bei jedem leeren Anwesen eine Person wie die Sattlerin, dann müssten wir uns keine Sorgen machen.«

»Wer?«

»Die Nachbarin vom Löffelholz. Hat mich das Weib doch tatsächlich ausgefragt, was ich da mach, obwohl sie genau gesehen hat, dass ich Stadtknecht bin. Die wird jetzt erst recht ein Auge aufs Nachbarhaus haben.« Er schüttelte den Kopf. »Wär schon eine Schande für uns, wenn ausgerechnet dort einer einbricht, so nah bei der Schützenstube.«

»Das wagt bestimmt keiner!«

»Ich hoff, du hast recht, Schindler, aber dem verschlagenen Hund trau ich alles zu.«

»Horch, Max, ich komm her, wenn die alten Leut ins Bett gehen, und übernehm wieder.«

»Wunderbar, dank dir! Das macht's schon einfacher.«

Als Erster kehrte Lutz zurück und berichtete. Mit einem Seufzen griff Max nach Papier, Feder und Tinte. »Von euch kann keiner schreiben?«, fragte er vorsichtshalber die anderen.

Beide schüttelten den Kopf.

»Dann sagst du mir jetzt noch mal ganz langsam die Namen.«

In dem Moment schickte der Allmächtige sein Weib durch die Tür herein. Max strahlte sie an. »Kathi! Wie wär's, wenn du dich als Ratsschreiberin nützlich machst?«

»Was zahlt ihr?«, fragte sie dreist, grinste und setzte sich neben ihn. »Eine Liste der unbewachten Häuser soll ich anfertigen?«

»Genau.«

Sie blickte zu Lutz auf. »Na los.« Die Feder flog nur so übers Papier. Keinen Moment musste sie den Schützen bitten zu warten. Kathi notierte auf einem zweiten Blatt auch die Anwesen, in denen Lutz die Bewohner oder das Gesinde gewarnt hatte. Dann fügte sie noch die auf der Lorenzer Seite hinzu. »Bisher sind es fünf, die den Dieb verlocken könnten.«

»Ein paar werden noch dazukommen.« Max nahm die Kappe ab und fuhr sich durch die Haare. »Ich weiß nicht, wie wir die alle mit so wenigen Leuten bewachen sollen.« Er schaute sich in der Stube um. »Hier muss auch noch einer in Bereitschaft sein. Das muss ich wohl übernehmen.«

»Wenigstens hast du's hier warm«, meinte Schindler.

»Ein kleiner Trost.«

Da kam der nächste Schütze herein: »Ich hab zwei leere Häuser.«

* * *

Endlich passierten sie das Laufer Tor. Frantz schlug vor: »Reiten wir am Rathaus vorbei, um den Stadtknechten Bescheid zu geben.«

»Ich muss sehen, was gestohlen wurde. Macht Ihr, was Ihr für richtig haltet.« Kaum hatte der Richter die Worte ausgesprochen, schon trieb er das Ross in die Hirschelgasse.

Frantz nahm die linke Abzweigung und folgte der Laufer Gasse zum Rathaus. Vor der Schützenstube schwang er sich aus dem Sattel, öffnete die Tür und rief: »Scheurl ist da.«

Max starrte ihn an. »Es war kein Verwandter oder Bekannter?«

»Keineswegs. Er ist geradewegs nach Hause geritten, um zu schauen, was fehlt. Willst du das Ross nehmen?« Frantz hatte lang genug auf dem Gaul gesessen.

»Gern. Könnt Ihr hier in Bereitschaft bleiben, bis ich zurück bin? Der Schindler ist gerade weg.«

»Sicher, aber Maria muss jemand Bescheid sagen.«

»Das kann mein Weib übernehmen.« Max schwang sich in den Sattel und ritt los.

Kathi war auch hier? Frantz betrat die Stube und fand sie am Tisch sitzend über Papiere gebeugt. »Was machst du denn hier?«

»Meister Frantz, schön, dass Ihr zurück seid. Der Richter wurde auch bestohlen?«

»Sieht ganz so aus. Jedenfalls hat er niemanden gebeten, etwas für ihn aus dem Haus zu holen. Der Mann wollte sich gar nicht die Zeit nehmen, erst hier vorbeizukommen. Max reitet zu ihm.«

»Gut. Das wird eine lange Nacht, fürchte ich. Wir haben nur ein paar Schützen und einen zweiten Stadtknecht außer Max.« Sie wedelte mit einem Stück Papier. »Das sind all die Anwesen, auf die wir ein Auge haben sollen.«

Frantz setzte sich und überflog die Liste. »Neun Gebäude?« Er schüttelte den Kopf. »Und wie viele Schützen sind es?«

»Ich glaub, sechs. Zwei sollten eh die Abendschicht übernehmen, die vier von der Tagschicht machen erst mal weiter.«

»Dann sind wir jetzt genau neun, aber hier muss auch jemand in Bereitschaft sein.«

Kathi seufzte und nickte. »Es ist knapp, aber Ursel hab ich heimgeschickt. Wenn sie die Nacht im Henkerhaus verbringt, kann ich hierbleiben und bei Problemen denjenigen zu Hilfe rufen, der das Anwesen der Löffelholz beobachtet.«

Eine Frau allein hier in der Schützenstube, das war gar nicht gut. Doch etwas Besseres fiel ihm vorerst auch nicht ein. »Gut, dann lauf ich zu euch, bring Ursel zu Maria, ess was und komm zurück. So lang kannst du hier allein bleiben?«

Unschlüssig sah sie sich um. »Ich denke schon, aber vielleicht ist Ursel sowieso schon bei Euch. Ach, sie könnte auch bei den Endters sein. Da hab ich sie zuerst hingeschickt.«

»Die Buchbinder-Familie?«

»Genau, sie geht mit der Endter-Tochter zur Schule. Die beiden lernen oft zusammen und haben sich inzwischen angefreundet.«

»Dann geh ich als Erstes nach Hause. Maria kann Ursel suchen, falls sie noch nicht da ist. Und ich brauch dringend was zu essen.«

Kathi sah ihn forschend an. »Ihr wollt nicht einfach bei ehrbaren Bürgern aufkreuzen, noch dazu an einem Feiertag?«

»Ganz recht, aber Maria wird sie schon finden und hoffentlich willkommen sein. Dich will ich auch nicht so lang warten lassen.«

»Falls irgendwas passiert, das mir Angst macht, lauf ich einfach zu den Schallers.«

»Natürlich, die kümmern sich um dich und können vielleicht auch einen Lochknecht herschicken, um für Ordnung zu sorgen.«

* * *

Kathi war nicht gerade begeistert, sich die Nacht in der Schützenstube um die Ohren schlagen zu müssen, noch dazu allein, aber es half wohl nichts. Hoffentlich ging das nicht bis nach Neujahr so, wenn die meisten Ordnungshüter wieder zurückkehrten.

Da niemand hier war, erlaubte sie sich einen tiefen Seufzer. Und keinen Augenblick zu früh, denn im nächsten Moment stürmten Richter Scheurl, Schöffe Nützel und ihr Mann herein. Die Herren sahen sie verdutzt an, ließen die Blicke schweifen. Scheurl sprach es aus: »Du bist allein hier?«

Sie stand auf. »Ja, irgendjemand muss hier doch die Stellung halten. Wir haben nicht genug Leute.«

»Was?«, blaffte Nützel. »Du? Die Stellung halten? Bist du von Sinnen, Weib?«

Max wirkte, als müsste er sich stark beherrschen, als er neben sie trat. »Das ist Kathi Leinfelderin, meine Ehewirtin. Ihr habt womöglich schon von ihr gehört.« Er senkte die Stimme. »Heimliche Kundschafterin des Rats.«

»Das qualifiziert sie doch nicht zum Dienst für die gute Policey!«

Kathi legte eine Hand auf den Arm ihres Mannes und sprach mit sanfter Stimme, wie zu einem trotzigen Kind. »Ihr habt natürlich recht, Herr, aber bis gerade eben war auch noch Meister Frantz hier. Und immerhin hätte ich in der letzten halben Stunde Beschwerden und Hinweise von Bürgern aufschreiben können. Besser als nichts, oder? Gott sei Dank war das nicht nötig. Alles ruhig in der Stadt.«

Max lächelte sie von der Seite an. »Dank dir. Wo ist Meister Frantz?«

»Schnell nach Hause, um etwas zu essen. Der gute Mann hat seit dem Frühstück nichts mehr zu sich genommen.«

Richter Scheurl neigte reumütig das Haupt. »Meine Schuld, ich wollte keinen Augenblick warten.«

»Ihr seid bestohlen worden?«, fragte sie und wollte sich auf die Zunge beißen. Sie führte sich schon auf wie ein Gerichtsschreiber. Wo war überhaupt Dürrenhofer? Vermutlich nicht in der Stadt.

»Neben Geld und kostbarer Kleidung, die der Schuft womöglich getragen hat, als ihm dein Mann begegnet ist, hat er einige meiner schönsten Habseligkeiten eingepackt.« Jetzt lächelte der Richter. »Zum Glück hat er das Gemälde von Albrecht Dürer übersehen, oder es war ihm zu sperrig.«

Kathi setzte sich, nahm Feder und Papier zur Hand. »Soll ich alles notieren?«

Der Richter wandte sich an Nützel. »Wann kommt Dürrenhofer zurück?«

Der Schöffe kratzte sich die Wange. »Ich fürchte, erst in einer Woche.«

Als Scheurl nichts weiter sagte, verstand der Schöffe, dass es seine Entscheidung war. Schließlich nickte Nützel. »Das wäre gut, Leinfelderin.«

Scheurl räusperte sich. »Wir könnten auch in aller Ruhe zu Hause selbst die Listen anfertigen.«

»Oh ja, natürlich.« Röte überzog das Gesicht des Schöffen. »Schreiben sollten wir noch nicht verlernt haben.«

Kathi musste sich ein Grinsen verkneifen, schob den Herren den Zettel mit den leeren Anwesen zu. »Das könnten weitere Ziele sein, falls sich der Schuft nicht schon aus der Stadt davongemacht hat.«

Nützel überflog die Namen der Familien, dann musterte er sie streng.

»Hast du die Listen zusammengestellt?«

»Geschrieben hab ich sie. Stadtknechte und Schützen sind alle Anwesen wohlhabenderer Bürger abgelaufen, haben mit den Bewohnern geredet, falls welche anzutreffen waren, und mir dann gesagt, welche Häuser bewacht werden sollten.« Sie blickte hilfesuchend zu Max. Musste sie sich für ihre Unterstützung rechtfertigen?

Ihr Mann nahm die zweite Liste zur Hand und reichte sie Nützel. »Um die brauchen wir uns nicht zu kümmern?«, fragte er.

»Richtig, in diesen Häusern haben wir jemanden angetroffen und zur Vorsicht gemahnt.«

Nützel nickte heftig. »Sehr gut! Sehr gut!« Dann starrte er den anderen Zettel an, als könnte er so die Namen weniger werden oder gar verschwinden lassen. »Um die alle zu beobachten, haben wir doch gar nicht genug Ordnungshüter in der Stadt.«

»Nicht wirklich«, antwortete Max. »Allerdings ist Meister Frantz bereit, auszuhelfen.«

»Der Nachrichter?« Diesmal stierte Nützel Max an, als hätte der den Verstand verloren.

»Richtig, auch er hat der Reichsstadt einen Treueeid geleistet.« Die Andeutung eines spöttischen Lächelns huschte über Maxens Gesicht, bevor er die nächsten Worte sprach. »Mit dem Schwert kann er ebenfalls umgehen.«

Scheurl kämpfte sichtlich gegen ein Grinsen an, doch das entging dem Schöffen.

»Natürlich«, antwortete dieser ungerührt. »Dann können wir alle Anwesen beobachten lassen?«

»Mit Doppelschichten und meiner Frau, die hier die Stellung hält.« Max rieb sich den Nacken. Ganz wohl war ihm offenbar nicht dabei.

»Was? Das kann nicht dein Ernst sein! Ein Weib hier allein? Auch noch nachts?«

Max atmete tief durch. »Herr, Meister Frantz wird nur ein paar Schritte entfernt das Anwesen der Löffelholz beobachten. Er bekommt mit, falls es hier Probleme gibt. Und das Gebäude ist wohl auch am wenigsten gefährdet.

Der Dieb weiß schließlich nicht, dass hier keine zwei Schützen und ein Stadtknecht sitzen.«

Seufzend nickte Nützel. »Na gut, du hast dir offensichtlich alles genau überlegt. Und falls jemand deine Frau ... bedrängt, wird ihm das Herz in die Hose rutschen, wenn der Nachrichter plötzlich vor ihm steht.« Jetzt kicherte der Schöffe.

Alle lachten mit außer Kathi. Ein Schöffe, dachte sie, und ein Richter ... »Meine Herren, könnte es sein, dass Ihr beraubt wurdet, weil sich jemand rächen möchte? Ein Angehöriger eines verurteilten Verbrechers oder jemand, der aus der Reichsstadt ausgestrichen wurde?«

Nützel zog die Augenbrauen hoch und starrte sie wieder an, allerdings eher verschreckt als an ihren Geisteskräften zweifelnd. Der Richter rieb sich versonnen das Kinn. »Auszuschließen wär das nicht, aber ... doch unwahrscheinlich.« Fragend sah er erst Max, dann Nützel an.

Natürlich antwortete Max: »Jemand müsste in der Registratur nach den alten Fällen schauen, bei denen Ihr, werter Nützel, Lochschöffe wart.«

Langsam nickte der Ratsherr. »Nur ist auch der Registrateur über die Feiertage fortgereist.«

Kathi nahm das Blatt mit den gefährdeten Anwesen zur Hand. »Wer auf dieser Liste ist sonst noch als Schöffe tätig?«

Scheurl blickte ihr über die Schulter. »Hans Wilhelm Löffelholz, allerdings erst seit diesem Jahr, vorher war er Consules, also Ratsherr. Wenn du mit deinem Verdacht richtig liegst, können wir Löffelholz wirklich ausschließen, nicht nur wegen der Nähe zur Schützenstube.« Er fuhr mit dem Finger die Namen entlang. »Julius Geuder, Paul Harsdörffer und Karl Schlüsselfelder.«

Kathi unterstrich die Familiennamen. »Dann sollten vor diesen Anwesen besonders ausgeschlafene und daher wachsame Wächter Dienst tun?«

Scheurl atmete tief durch. »Ich weiß es wirklich nicht.« Ratlos blickte er Nützel an.

Der zuckte die Schultern. »Warum nicht? Meister Frantz kann trotzdem gleichzeitig die Schützenstube und das Löffelholz'sche Anwesen im Auge behalten, auch wenn er schon den ganzen Tag unterwegs war. Hier dürfte er am wenigsten zu tun haben.«

Kathi bemerkte den stolzen Blick ihres Mannes, der auf ihr ruhte, bevor er, ganz so als hätte er das Sagen in der Stadt, verkündete: »So machen wir es.«

Andere Frauen wie die Buchbinderin halfen ebenfalls ihren Ehewirten bei der Arbeit. Warum sollte sie das nicht auch tun? Da beschlich sie eine ganz andere Vorstellung. Mit der gleichen Begründung könnte Maria ihrem Mann beim Martern zur Hand gehen. Sie wollte sich schütteln, doch nicht vor den hohen Herren. Stattdessen lächelte sie und nickte.

* * *

Frantz konnte seine Überraschung kaum verhehlen, als Maria ihn, sowie er durch die Tür trat, überschwänglich umarmte und in sein Ohr flüsterte: »Was bin ich froh, dass du zurück bist.«

»Ist was passiert?«, fragte er und sah sich unwillkürlich nach den Kindern um. Die Stimmen der Mädels drangen aus dem Nebenzimmer.

»Nein, aber halb Nürnberg scheint dich zu brauchen. Erst musst du Bote spielen, dann war der Hinterreiter da, weil ihn die Gicht so arg plagt.«

Erleichtert lachte Frantz auf. »Du hast ihm hoffentlich gesagt, dass für ihn die Festmahlzeiten vorbei sind. Wenig Fett, wenig Wein, sonst kann ich ihm auch nicht helfen.«

»Natürlich hab ich das gesagt und ihm die Hälfte der Weihnachtslatwerge verkauft. Köstlich, aber gesund.«

Frantz küsste sein Weib auf die Wange. »War das schon alles?«

»Alles? Nachdem ich stundenlang in der Stadt herumgelaufen bin und die reichen Familien gewarnt habe? Der Balthasla hat übrigens einen starken Ausschlag bekommen. Ist am Abklingen und wird wohl nichts mit den Würmern zu tun haben.«

Er grinste. »Sonst war nichts weiter los?«

»Wo denkst du hin! Rosina hat eine verletzte Amsel angeschleppt. Der

Flügel war gebrochen. Die musste ich in aller Heimlichkeit erschlagen, aber erzählt hab ich ihr, dass der Vogel davongeflogen ist, nachdem ich ihm etwas von deiner Medizin gegeben habe.« Sie verzog das Gesicht. »Eigentlich ist es albern, deswegen zu lügen, aber sie war so sicher, dass du die Amsel retten kannst.«

»Wahrscheinlich hätte ich da nichts ausrichten können. Du hast schon das Richtige getan. Dein Tag scheint mir aufregender gewesen zu sein als meiner. Allerdings soll ich heute Nacht Stadtknecht spielen und helfen, die Herrenhäuser in der Stadt zu beobachten, falls der Einbrecher immer noch nicht den Kragen voll hat.«

»Dann ist der Schuft beim Richter ebenfalls eingestiegen?«

»Ja, so hat sich der Ritt wenigstens gelohnt.«

»Hast du etwas zu Mittag gegessen?«

»War keine Gelegenheit.«

»Zum Glück haben wir noch Reste. Setz dich.«

So viel Zeit musste sein. Er ließ sich am Tisch nieder und streckte die Beine von sich. Maria stellte ihm kalten Braten und Wurzelgemüse hin. »Möchtest du sonst noch was?«

»Nein, das muss reichen. Du sollst auch noch was erledigen: Ursel suchen.«

Besorgt fragte sie: »Wieso? Was ist mit ihr?«

»Ach, Kathi soll am Abend in der Schützenstube die Stellung halten, bis der Stadtknecht sich davonstehlen kann, um sie abzulösen. Er kriegt Besuch von den Eltern und Schwiegerleuten. Deshalb soll Ursel bei uns schlafen. Ich hab gehofft, sie wär schon da.«

»Nein, dann ist sie bestimmt noch bei den Endters. Dass die gewarnt werden, war ihr dann doch ein Anliegen.« Maria lächelte. »Offenbar sind die Buchbinder nicht reich genug, um bestohlen werden zu dürfen. Ich lauf gleich los. Seh ich dich dann vor dem Morgen überhaupt noch?«

»Nur falls wir den Einbrecher bald erwischen.«

Maria schnaubte. »Ja, bestimmt. Der wartet sicher nur darauf. Wahrscheinlich ist er längst mit seiner Beute über alle Berge.« Sie schlüpfte in die

Stiefel und den warmen Umhang.

»Das fürchte ich auch, aber es hilft ja nichts.«

Maria zwinkerte ihm zu. »Besonders, wenn Jorgla mal auf die Lateinschule soll, musst du dich gut mit dem Stadtrat stellen.«

Er grinste. »Ich seh schon, die Vorstellung gefällt dir.«

Sie lachte und strich ihm übers Haar. »Warum auch nicht?« Ein Kuss zum Abschied, und fort war sein Weib.

Frantz schlang das Essen hinunter, gürtete den Dolch um und überlegte, ob Kathi eine Faustbüchse brauchte. Aber darum konnte sich ihr Mann kümmern. Max sollte einen Schlüssel zur Waffenkammer bei der Schützenstube haben, wenn schon nicht fürs Zeughaus.

Dann schaute er nach nebenan ins Kinderzimmer und stellte zu seinem Erstaunen fest, dass Jorgen den Mädels Zählen beibrachte und einfaches Rechnen. »Eine Nuss und noch eine sind zwei, noch eine sind drei. Wie viele sind's, wenn ich noch zwei dazutu?«

»Vier«, rief die kleine Marie.

»Fünf«, korrigierte Rosi.

Gar nicht schlecht, so machte es Jorgen auch mehr Spaß zu lernen. »Ich muss noch mal weg. Eure Mutter holt Ursel ab. Also, wenn was ist …«

»Gehen wir zu Apollonia oder Bernadette.«

»Loni ist in der Küche«, sagte Marie. »Berni drüben.«

»Gut so. Und eines Tages kannst du diese schwierigen Namen auch vollständig aussprechen.«

»Apo…loni…a.« Stolz sah ihn die Kleine an.

»Sehr schön. Ich muss los. Seid brav.«

»Sind wir das nicht immer?«, antwortete Jorgen und feixte.

In der Schützenstube teilte Max die frischen Schützen ein, die gerade ihren Dienst begannen. »Meister Frantz, Ihr übernehmt das Löffelholz'sche Anwesen und behaltet die Schützenstube im Auge, bis der Schindler kommt. Kann aber spät werden.«

»Ist recht.«

Einer der Schützen schaute Frantz offenen Mundes an. »Ihr macht mit?«

»Ja«, bellte Max. »Ist schließlich Not am Mann. Jetzt raus mit euch.«

Frantz wollte ebenfalls Posten beziehen, doch Max rief ihn zurück. »Auf ein Wort, Meister Frantz.«

»Was denn?«

»Ihr seid bewaffnet?«

Frantz entblößte seinen Dolch unter dem Umhang.

»Gut. Wahrscheinlich werdet Ihr am allerwenigsten zu tun haben. Trotzdem ist es gut, zu wissen, dass Ihr ein Auge auf mein Weib haben werdet. Schöffe Nützel hat ihr eine Flöte gegeben, mit der sie notfalls Alarm geben kann.«

Kathi holte den Holzstab hervor. »Hab schon etwas geübt.« Dann blies sie hinein und brachte einen jaulenden Ton hervor.

Frantz lachte.

»Sucht Euch bitte einen Platz, von dem aus Ihr den Eingang zu den Löffelholz gut beobachten könnt. In fünf Minuten oder so wird Kathi das Signal hier in der Stube geben. Ich schätz nicht, dass Ihr es so hören werdet. Dann probieren wir es draußen vor der Tür.«

»Gut. Wahrscheinlich kann ich mich gar nicht so stellen, dass ich beide Gebäudezugänge sehe, aber ich versuch's.«

Kathi lächelte ihn an. »Ich dank Euch auch von ganzem Herzen. Wenn ich Euch in der Nähe weiß, fühl ich mich gleich viel sicherer. War Ursel bei Euch?«

»Nein, Maria holt sie von der Buchbinderei ab.«

»Gut. Hoffentlich ist sie noch dort. Aber wenn sie um die Zeit daheim niemanden vorfindet, wird sie wahrscheinlich sowieso zu Euch gehen.«

»Richtig, Apollonia und Bernadette kümmern sich um die Kinder.« Frantz nickte den beiden zu und schlenderte in der Dämmerung gen Löffelholz'sches Anwesen. Sowie er den Eingang sehen konnte, blickte er zurück zur Schützenstube. Ja, das passte. Nur wohin sollte er sich stellen, ohne aufzufallen? So recht durchdacht hatten sie die Bewachung der Häuser nicht.

Da erklang ein Geräusch, das dem Quäken eines Froschs ähnelte. Vor der

Schützenstube entdeckte Frantz eine Gestalt in schwarz-roter Pluderhose, die Arme durch die Luft schwenkend. Er erwiderte die Geste. Die Flöte war überraschend gut zu hören, doch der Hufschlag eines Rosses würde den Laut leicht übertönen. Nun hieß es warten …

* * *

Im ersten Moment wunderte sich Maria, dass das Tor zur Buchbinderei geschlossen und verriegelt war. An diesem merkwürdigen Tag hatte sie ganz vergessen, dass Feiertag war. Das seltsamste Weihnachten, das sie bisher erlebt hatte. Sie trommelte mit der Faust ans Tor, weil sie nicht wusste, wo sonst noch eine Tür zum Wohnbereich sein mochte.

Tatsächlich hörte sie jemand. Ursels Freundin Sofie öffnete vorsichtig und spähte heraus. »Oh, wer bist du denn? Hab gedacht, die Kathi ist gekommen.«

»Ich bin die Maria Schmidtin und soll die Ursel abholen. Ihre Mutter muss nämlich noch was machen.«

Ein Kichern hinter dem Mädel, dann die recht laut geflüsterten Worte: »Das ist die Henkerin.«

»Wirklich?«

»Ja«, erwiderte Maria schlicht.

Die Tür öffnete sich weiter und gab den Blick auf Ursel frei, die schon im Begriff war, ihren warmen Umhang anzulegen.

»Dann hast du mir nicht vorgeflunkert, dass du im Henkerhaus ein- und ausgehst?«, fragte Sofie.

»Würd ich doch niemals machen. Darf ich das Papier mitnehmen?« Sie hielt mehrere Schnipsel in der Hand.

»Freilich, was sollen wir damit noch? Reste sammeln wir sonst und bringen sie zur Hadernmühle.«

Ursel strahlte. »Die sind aber wunderbar, um schreiben zu üben.«

»Du bist ganz schön seltsam«, sagte Sofie und fügte noch hinzu: »Komm bald wieder.«

»Freilich, sonst lernst du ja nichts.«

Sofie lachte und schloss die Tür hinter ihrer Freundin.

Ursel schüttelte den Kopf. »Sag, Maria, warum muss ich immer den anderen Kindern beibringen, was ihnen doch schon der Lehrer erklärt hat?«

»Weil du schon viel mehr weißt als die meisten Kinder. Deine Mutter hat dir halt früh alles Mögliche beigebracht, weil sie gewusst hat, dass dir das im Leben helfen wird.«

»Wo ist Mutter eigentlich?«

»Du wirst es nicht glauben, Kind, aber die muss heute Abend in der Schützenstube Bereitschaft übernehmen, weil alle Stadtknechte und Schützen in der Stadt nach dem Rechten schauen. Sogar mein Mann muss aushelfen.«

»Das glaub ich schon, weil du so was Unglaubliches nie erfinden würdest.«

»Stimmt. Und du kannst heute Nacht bei uns schlafen.«

»Im Turm bei Apollonia? Bitte, bitte!« Ursel sprang auf und ab und klatschte in die Hände.

»Nein, meine Magd braucht nachts ihre Ruh. Du schläfst schön brav bei Jorgla und den Mädeln.«

Die Kleine seufzte. »Na, gut. Wir sind gar nicht weit vom Rathaus weg. Schauen wir noch bei Mutter und Meister Frantz vorbei? Stefla muss nicht schon bald wieder von dir trinken, oder?«

»Nein, der hat erst vor Kurzem was gekriegt. Es ist auch nur ein kleiner Umweg zum Rathaus.«

»Genau.« Ursel hopste ein paar Schritte. »Ich versteh ja nicht, warum Mutter so was gern macht. Verbrecher jagen und so.«

»Ob sie es gern macht, weiß ich nicht, aber sie hat schon sehr wertvolle Dienste für die Reichsstadt geleistet.«

Das Kind kicherte.

»Was ist?«

»Du hörst dich auch schon an wie Vater, wenn er mit Stadträten spricht.«

»Ja, da redet man gleich anders und verplappert sich vor Aufregung.«

»Du bestimmt nicht.«

»Ich erst recht, bin so was ja gar nicht gewohnt.«

Nach ein paar Schritten waren Ursels Gedanken schon in eine völlig andere Richtung gewandert. »Kannst du mir sagen, warum ich keine Geschwister hab? Mutti und Vati haben sich doch gern.«

Oh je, wie darauf antworten? »Weißt du, im Leben von uns Menschen passieren viele Dinge, die wir nicht verstehen oder für die es keinen Grund zu geben scheint. Aber der Herrgott weiß schon, was er uns zumuten kann.« Maria fürchtete sich vor der nächsten Frage, doch sie blieb aus.

»Schau, da steht dein Mann!«, rief Ursel. »Schon von Weitem zu sehen. Will er den Einbrecher abschrecken?«

»Vielleicht, aber eigentlich soll der Schuft gefangen werden.«

Tatsächlich schien Frantz nicht recht zu wissen, wohin er sich begeben sollte. Jetzt lief er im Kreis.

»Ihm ist bestimmt kalt«, vermutete Ursel und schlang selbst die Arme um ihre Brust. »Sag, warum nennen alle Leute, sogar meine Eltern, deinen Mann Meister Frantz und nicht einfach Frantz oder Schmidt?«

»Wegen seines Amts. Das steht immer irgendwie zwischen ihm und den Leuten.«

»Nur nicht bei dir und deinen Kindern?«

»Genau.« Maria wollte schon seinen Namen rufen, doch da ging in der Gebäudereihe, die er beobachtete, eine Tür auf. Ein Mann und eine Frau traten heraus. Sie wirkte schon älter, schien Beschwerden in der Hüfte zu haben. Vielleicht wollte sie Frantz um Rat fragen. Sie wechselte noch ein paar Worte mir ihrem Begleiter, dann ging die Frau auf Frantz zu. Der Mann hingegen schlenderte auf Maria und Ursel zu. Er trug einen schönen Umhang aus dunkelrotem Barchent. So einen hatte Max beim Richter gesehen! Einen Lederbeutel trug er um die Schulter geschlungen, genau wie Kathi gesagt hatte. Konnte das der Langfinger sein, der auch noch die Beute bei sich hatte? Sie flüsterte: »Ursel, lauf in die Schützenstube.« Lauter, um nicht sein Misstrauen zu erregen, sagte sie: »Bleib bei deiner Mutter, bis ich dich hole.«

»Was, wieso?«

»Frag nicht so viel. Tu lieber, was ich dir sage.«

Die Worte hatte der Fremde offenbar gehört, denn er lächelte sie an, als wollte er sagen: So sind die Kinder. Maria erwiderte das Lächeln, musterte ihn genauer, als er an ihnen vorbeiging. An einer Hand trug er einen dicken Ring aus Gold. Der braune Vollbart war gleichmäßig gestutzt.

Ein paar Schritte ging sie noch mit Ursel, dann blieb sie stehen. »Grüß Kathi von mir.«

»Ihr seht euch doch sowieso dauernd.« Verwundert sah Ursel sie an. »Was bist du auf einmal so seltsam?«

Maria legte einen Finger auf die Lippen. »Lauf!« Dann machte sie kehrt, konnte gerade noch den Umhang mit jedem Schritt hin- und herschwingen sehen.

Kapitel 6:
Jäger und Gejagte

Frantz schaute der alten Frau entgegen, die forsch, aber ungleichmäßig auf ihn zuschritt. Ein Hüftleiden?

»Was machst du da? Das Löffelholz-Anwesen ausspionieren?«, blaffte sie. »Ich ruf gleich die Stadtknechte, dann werfen sie dich ins Loch, du ...«

Bevor sie ihn beschimpfen konnte, unterbrach er sie lieber: »Frantz Schmidt, Nachrichter hier in Nürnberg.«

Beide Hände legten sich über ihren Mund. Die Augen weit geöffnet starrte sie ihn an. »Der Henker«, flüsterte sie. »Was ...?«

Er erlaubte sich ein Lächeln, senkte die Stimme: »Es sind zu wenig Stadtknechte verfügbar, deshalb hab ich ein Auge auf das Anwesen der ehrbaren Familie Löffelholz.«

»Oh«, hauchte sie. »Ob das den Herrschaften recht ist?«

Frantz schloss kurz die Augen. Fürchtete das Weib, allein seine Nähe könnte die Familie in den Ruch der Unehrlichkeit bringen? Er unterdrückte eine barsche Antwort. »Ich bin sicher, das ist ihnen lieber, als bestohlen zu werden.«

Langsam nickte sie, wirkte jedoch nicht recht überzeugt, deshalb fragte er: »Was ist mit deiner Hüfte? Bist du gestürzt?«

»Bleibt mir weg mit Euren Salben aus Menschenfett! Ich geh lieber zu einem Medicus!«

Mit Anteilnahme konnte er sie also auch nicht beruhigen. »Sehr vernünftig von dir.« Dann fiel ihm der auffällig gut gekleidete Mann wieder ein. Das Gewand der Frau entsprach dem keineswegs. »Wer war dein Besucher?«

»Pah, das geht Euch nichts an. Am Ende wollt Ihr doch beim Löffelholz einsteigen.«

Jetzt wurde es ihm wirklich zu dreist. Er blähte die Brust auf, stemmte die Hände auf die Hüften, doch sein bedrohlichster Blick beeindruckte die Frau weniger als manchen hartgesottenen Räuber und Mörder. Er ließ den Atem entweichen. »Muss ich einen Stadtknecht holen?«

»Ja, macht das. Ich warte.«

»Die haben heute Nacht leider keine Zeit. Wie heißt du, dann schaut morgen einer bei dir vorbei.«

»Da bin ich gespannt. Ich bin die Herta Sattlerin und weiß jetzt auch, wer Ihr seid. Also, wenn Ihr was versucht ...« Wie ein erfahrener Schöffe beim Verhör überließ sie es ihm, sich die Folgen auszumalen.

Frantz trat ein paar Schritte zurück und lehnte sich mit verschränkten Armen an eine Hausmauer. Es war doch sehr einfach, in Verdacht zu geraten. Statt sich zu ärgern, wollte er diese Begegnung als Warnung nehmen, nicht alles zu glauben, was vermeintliche Zeugen berichteten.

»Ihr bleibt jetzt wirklich hier stehen?«, fragte die Sattlerin und starrte ihn ungläubig an.

»Irgendjemand muss ein Auge auf das Anwesen haben.«

»Macht Euch nur nichts vor, ich werd Euch im Blick behalten.«

Frantz nickte, konnte nicht anders, als dieser unerschrockenen Frau einen gewissen Respekt zu zollen, auch wenn sie ihm gegenüber keinen aufzubringen vermochte.

Kopfschüttelnd stapfte die Sattlerin zurück zum Haus, drehte sich aber noch einmal nach ihm um, bevor sie durch die Tür verschwand. Nur Augenblicke später ging ein Fensterladen auf, und sie steckte den Kopf heraus. Um ihn bei geöffnetem Fenster zu beobachten, war es ihr offenbar doch zu kalt. Sie schloss den Laden wieder. Er sollte wohl nur wissen, dass sie weiter auf der Hut war. Kurz zog Frantz in Erwägung, einige Schritte weiterzugehen, um es ihr schwerer zu machen, doch wozu die Frau ärgern? Sie sorgte sich doch nur um das Eigentum ihrer Nachbarn. Und verdächtigte ihn, nur weil er genau darauf aufpasste ... Verkehrte Welt. Als Nachrichter verkörperte er ganz direkt Gesetz und Ordnung, mehr noch als Richter und Schöffen. Welch lästerlicher Gedanke. Vermaledeite Hochmut! Schließlich stand er hier schon etwas verdächtig herum. Die wenigen Menschen, die an ihm vorbeikamen, warfen ihm öfter misstrauische Blicke zu, vermutlich ohne ihn zu erkennen.

* * *

Maria wünschte, der Mann wäre ihr nicht aufgefallen. Was tat sie hier nur, einem Fremden nachzuschleichen, bloß weil er einen feinen Umhang trug? Zwar war es inzwischen dunkel, doch falls er sich umschaute, während sie gerade auf eine der Talglampen zulief, mochte er sie wiedererkennen. Nicht das Gesicht, aber vielleicht ihre Kleidung – sehr schlicht für einen Feiertag – und ihre Gestalt. Ach, bestimmt hatte der Herr sie längst wieder vergessen. Und weshalb sollte er sich überhaupt umschauen? Nun, vielleicht aus Sorge, ausgeraubt zu werden, wenn er ihre Schritte vernahm. Sie bemühte sich, die Füße noch sanfter zu setzen.

Was konnte sie antworten, falls er sie fragte, warum sie ihm folgte. Natürlich reiner Zufall. Sie wollte einen Krankenbesuch bei einem älteren Paar machen, das beim Laufer Tor wohnte. Genau, dann wäre sie vom Rathaus kommend so ziemlich den direkten Weg gegangen. Zufrieden schlenderte sie weiter, doch war ihr dieser Moment der Zufriedenheit nicht lange gegönnt. Der Mann bog in die Judengasse ab. Wenn sie ihm weiter folgte, würde sie sich mit einer Erklärung ziemlich schwertun. Am nächsten Hauseck blieb sie stehen und lugte in die Gasse. Von dem Mann war nichts mehr zu sehen. Er konnte schon wieder abgebogen oder in eines der Häuser verschwunden sein. Ach, was tat sie hier nur? Bestimmt war das ein hochanständiger, ehrenwerter Herr, und man würde sie auslachen, wenn sie ihren Verdacht äußerte. Wer war sie schon? Die Henkerin. Sie lebte am Rand der Gesellschaft und durfte sich freuen, überhaupt so wohlgelitten zu sein.

Missmutig kehrte Maria um. Sie musste sich jetzt um Ursel und ihre eigenen Kinder kümmern. Es war schließlich Weihnachten!

* * *

Kathi fragte sich, was in ihre Freundin gefahren sein mochte. Maria ließ sonst nie alles liegen und stehen, nur weil ihr etwas oder jemand verdächtig vorkam. Allenfalls erzählte sie ihrem Mann davon. »Sonst hat sie nichts gesagt?«, fragte sie ihre Tochter, die so überraschend hereingeschneit war, dass Kathi beinah zur Flöte gegriffen hätte.

Ursel schüttelte den Kopf. »Das war schon merkwürdig. Zu Meister Frantz ist sie gar nicht erst hingegangen, sondern gleich dem Mann hinterher.«

»Was mach ich denn nun mit dir?«

»Was würdest du ohne mich machen?«

»Hier herumsitzen und warten, falls etwas passiert.«

Ursel grinste und entblößte eine neue Zahnlücke. »Dabei kann ich dir helfen.«

»Oder du gehst allein zum Henkerhaus.« Noch war es nicht spät, aber doch schon stockfinster.

»Dann kommt Maria bestimmt daher und will mich holen, sowie ich losgegangen bin.«

»Ja, sehr wahrscheinlich. Erzähl mir lieber, was du bei den Endters gemacht hast.«

Stolz holte Ursel einen Packen Papierschnipsel heraus. »Schreiben haben wir geübt, und nicht auf der Schiefertafel.«

»Ui, das hast du fein gemacht.« Hatte das Mädel doch tatsächlich gedruckte Buchstaben abgemalt. »Vielleicht kannst du eines Tages Briefmalerin werden.«

»Das tät mir bestimmt gefallen. Darf man das als Frau machen?«

»So genau weiß ich das auch nicht, aber wenn die Leute zu dir kommen, damit du ihnen hübsche Briefe schreibst, kann eigentlich niemand was sagen, wenn du dich dafür bezahlen lässt. So wie ich es mit meinen Handarbeiten halte.«

»Soll ich dir einen Brief malen? Sehr lang darf er aber nicht werden.«

Kathi lachte. »Ja, mach das.«

Ursel setzte sich neben sie und griff nach der Feder.

»Nein, du nimmst besser den Griffel.«

Das Mädel zog einen Schmollmund, schien aber nicht recht zu wissen, wogegen sie sich eigentlich auflehnen wollte. Also nahm sie den Griffel. Wenige Buchstaben später sagte sie: »Ist gar nicht warm hier drinnen.«

»Ist bestimmt Absicht, dann schlafen die Wachhabenden nicht so leicht ein.«

Ursel kicherte. »Bist du jetzt die Wachhabende?«

»Genau, und du auch, scheint mir. Ist ja sonst niemand hier.«

»Stimmt.« Sie gluckste, dann sprang sie hoch und lief in der Stube auf und ab. »Ach, hätte ich nur das Mühlespiel mitgebracht!«

»Das wär jetzt wirklich schön.« Kathi sah sich um, ob sie etwas fand, das sich als Spielsteine verwenden ließ. Dann fiel ihr Blick auf die Papierschnipsel. »Wir könnten die Streifen in Stücke reißen und das Spielfeld mit dem Griffel auf Papier malen.«

»Gute Idee!«

Kathi versah die eine Hälfte der Fitzel mit dicken schwarzen Tintenklecksen. »So, nun kann's losgehen.« Zweimal ließ sie ihre Tochter gewinnen und bejammerte die Fehler, die sie gemacht hatte, damit das Kind trotzdem etwas lernte. Die dritte Partie konnte sie nur gewinnen. Ursel wurde müde. Zum Glück kam dann auch Maria herein. »Ach, du bist tatsächlich noch hier, Kind. Das ist gut. Gehen wir heim.«

»Halt!«, rief Kathi. »Erzähl, was hast du gemacht?«

Feixend erklärte Ursel: »Das ist die Wachhabende, der musst du gehorchen, Maria.«

»Jawohl! Ach, es war albern.« Reumütig schaute sie drein, während sie den Mann beschrieb und wohin er gegangen war.

Kathi nickte langsam. »Das passt schon sehr gut zu dem Kerl, den Max aus dem Scheurl'schen Anwesen hat kommen sehen. Gerade der Umhang. Goldkette hat er keine getragen?«

»Aufgefallen ist mir keine, aber die hätte er unter der Kleidung tragen können. Oder gar nicht, um keine Räuber anzulocken. Denkst du, ich hätte ihm weiter nachgehen sollen, statt davonzulaufen?«

»Nein, du hast das ganz richtig gemacht. So hegt er keinen Verdacht, und wir wissen ungefähr, wo er untergeschlüpft sein muss.« Sie grinste. »Gar nicht schlecht für so eine Feiertagskundschafterin wie dich.«

Maria schnaubte, doch dann lächelte sie. »Aus deinem Mund will das ja schon was bedeuten. Dann sag ich besser auch gleich noch Frantz Bescheid. Vielleicht lacht er mich aus.«

»Das glaub ich nicht. Erzähl ihm alles.«

Ursel schlüpfte in ihren Umhang und verkündete: »Verlass dich auf mich, Mutter, ich kümmere mich drum, dass der Nachrichter alles erfährt.«

Schmunzelnd strich Kathi dem Mädel übers Haar und setzte ihr die Kapuze auf. »Braves Kind.«

* * *

Frantz war auch nach Einbruch der Nacht nicht zu übersehen, wie er so auf- und ablief. Maria winkte ihm, als er gerade wieder in ihre Richtung schritt. Da begann er zu laufen, hielt aber abrupt inne und blickte zurück.

Als sie ihn erreichten, nahm er Maria in die Arme. »Ich dachte schon, Kathi ruft mich zu Hilfe, als ich euch beide gesehen hab.«

Ursel grinste. »Beim Mühlespiel kann sie Hilfe brauchen. Ich hab zweimal gewonnen!«

»So? Fühl dich aber nicht zu sicher. Vielleicht ist sie bald besser als du. Ihr geht jetzt nach Hause?«

Maria nickte und begann, von ihrem kleinen Abenteuer zu erzählen.

Frantz lauschte gespannt, unterbrach sie nicht, blickte allerdings immer wieder zwischen ihr, dem Löffelholz-Anwesen und dem Nachbarhaus hin und her.

»Was denkst du?«, fragte Maria.

»Ich weiß nicht recht. Der Mann ist mir ebenfalls aufgefallen, und die Sattlerin wollte mir nicht verraten, wer er war. Lieber hat sie mich verdächtigt, bei ihren Nachbarn einsteigen zu wollen.«

»Die hat dich offenbar nicht erkannt, sonst …«

»Oh doch, die weiß genau, wer ich bin, und schaut trotzdem immer wieder aus dem Fenster, ob ich nicht was anstelle.«

»Was?«, empörte sich Maria. »So ein garstiges Weib. Ich glaub, ich red mit der.«

Frantz winkte ab. »Das ändert nichts, und wenn du sie auch nach ihrem Besucher fragst, wird sie womöglich misstrauisch und warnt ihn. Darum kann sich morgen ein Stadtknecht kümmern.«

»Das wär mir auch lieber.« Sie seufzte. »Und du sollst hier herumstehen, bis der Schindler auftaucht?«

»Ja. Klaus ist vorhin vorbeigekommen. Er wird den Nachtjägern und Pappenheimern Bescheid geben, dass sie ebenfalls die Augen offen halten.«

»Das ist gut.«

»Und du machst es dir jetzt daheim gemütlich.« Er küsste sie auf die Wange. »Ich könnt auch schon ins Bett fallen.«

Maria nickte. Die Sattlerin und ihr Besucher ließen ihr allerdings noch keine Ruhe. »Ich sag trotzdem kurz der Sattlerin Guten Abend und verrate ihr, dass du womöglich noch bis Mitternacht hier sein wirst.«

»Wieso das?«

»Na, vielleicht ist sie gar nicht so garstig, wenn man nett mit ihr redet.« Kurz überlegte sie, dann eilte sie los. Wenn sie ihren Plan erst erklärte, käme er ihr vermutlich selber albern vor. Schnelle Schritte neben ihr veranlassten sie, sich umzuschauen.

Ursel folgte ihr. »Ich helf dir.«

»Gut, aber sag nichts, ich werde nämlich lügen müssen.«

»Ach!«

»Ganz recht.« Sie klopfte an den Fensterladen, auf den Frantz gedeutet hatte. Beinah sofort schwang er nach außen. Maria konnte gerade noch zurückspringen. »Hoppla!«, rief sie. »So rasch.«

Die alte Frau runzelte die Stirn und betrachtete sie eher neugierig als misstrauisch.

»Grüß dich, Sattlerin. Ich bin die Maria Schmidtin.« Sie deutete zu Frantz. »Die Ehewirtin vom Nachrichter. Tut mir leid, dass ich an einem

Feiertag stör, aber der Frantz hat mir erzählt, dass du dir seinetwegen Sorgen machst. Das ist jetzt wirklich saudumm. Treibt ein Einbrecher in der Stadt sein Unwesen, und wir haben nicht genug Stadtknechte.« Sie schüttelte den Kopf und zog ein verächtliches Gesicht. Dann fiel ihr Ursel ein. Sie legte einen Arm um sie. »Das ist die Tochter vom Leinfelder Max. Der ist Stadtknecht, hat schon seit der Messe Dienst und wohl auch noch die ganze Nacht.«

Das Gesicht der Frau hellte sich ein wenig auf. »Leinfelder sagst du? Ja, der hat sich heut auch schon hier umgeschaut. Ich hab ihm den Innenhof gezeigt, aber er hat nichts Verdächtiges gesehen.«

»Wahrscheinlich ist der Einbrecher längst mit der Beute vom Nützel und vom Scheurl auf und davon.«

»Was, beim Richter ist auch eingestiegen worden?« Eine Hand legte sich auf das Herz der Frau. »Das ist ja nicht zu glauben.«

»Richtig, der Dieb kriegt den Hals nicht voll. Deswegen sind alle so aufgeschreckt.« Maria blickte zu Frantz. »Ich hab meinem Mann eine Brotzeit gebracht, damit er mir nicht verhungert.« Dann wandte sie sich wieder der Frau zu und fragte: »Sag, löst dich dein Mann ab, wenn du hier auch Wache hältst? Oh, entschuldige, vielleicht bist du ja schon Witwe?«

»Nein, nein, mein Alter lebt schon noch, aber den interessiert das alles nicht.«

»Na, so was.« Maria schüttelte wieder den Kopf. »Hast einen Sohn, der dir hilft, oder eine Tochter? Wir Frauen müssen uns ja heutzutag um immer mehr kümmern.«

»Da sagst du was.« Die Sattlerin blickte hinter sich in den Raum, wohl um zu sehen, ob ihr Mann in Hörweite war, dann antwortete sie: »Die Kinder sind schon ausgeflogen. Aber am Weihnachtstag waren alle da und auch der Bruder von meinem Mann mit der ganzen Familie.«

»Das ist schön, wenn man sich mit seiner Verwandtschaft gut versteht.«

Als wollte die Sattlerin ihre Beliebtheit noch herausstreichen, sagte sie: »Oh ja, mein Neffe ist heute extra noch mal vorbeigekommen und hat einige Arbeiten erledigt, die für uns schon etwas zu schwer sind.«

»Wie lieb von ihm. Der wohnt wahrscheinlich in der Stadt.«

»Nein, eigentlich nicht. Der Pangratz ist Zirkelschmied und schon im zweiten Jahr auf Wanderschaft, aber über die Feiertage ist er nach Nürnberg gekommen. Gelernt hat er nämlich hier, und er übernachtet bei seinem alten Meister.«

»Darf er als Nürnberger Handwerker überhaupt in einer Zunft sein?« Maria hatte allerlei merkwürdige Dinge über Zunftregeln gehört und dass sie in Nürnberg verboten waren.

»Der stammt ja aus Kremmeldorf bei Bamberg. Da ist das alles anders.«

»Und bei wem hat er hier gelernt? In der Judengasse?«, fragte Maria und bereute es sofort. Dort hatte sie den Neffen zuletzt gesehen. Das konnte die Frau wieder misstrauisch machen.

Die Sattlerin nickte eifrig, dann runzelte sie die Stirn. »Kennst du die Werkstatt?«

Maria plapperte das Erste heraus, was ihr einfiel: »Ich hab einen Kaufmann von einem ganz besonderen Gerät schwärmen hören, das er dort erstanden hat. Und ich Tropf hab gar nicht begriffen, was das sein sollte.«

Die Sattlerin lachte. »Das hat er bestimmt beim Meister vom Pangratz gekauft. Der hat einen sehr guten Ruf in der ganzen Umgebung. Vielleicht war's ein Kompass.«

Weshalb nannte die Frau den Lehrherrn nur nicht beim Namen? »Gründel oder so ähnlich?«

»Wie kommst jetzt da drauf? Der ist doch in der Lodergasse.«

»Dann hab ich die beiden verwechselt. Der Gründel lässt sich von meinem Mann behandeln«, lenkte sie ab.

»Pah, für so dumm hätt ich den nicht gehalten.«

Marias Herz schlug schneller. Jetzt nur nichts Verräterisches sagen. Allerdings wusste sie genug, oder nicht? Da spürte sie den Schalk in ihrem Nacken. »Ach, Sattlerin, sag, wenn du sowieso aufs Löffelholz'sche Anwesen aufpasst, könnt ich doch eigentlich meinen Mann mitnehmen, oder?«

»Wohin?«, fragte das Weib.

»Heim natürlich.«

»Kommt nicht infrage. Der bleibt schön da. Könnt ihm so passen. Der Nachrichter legt sich in die Federn, und ich schlag mir die Nacht um die Ohren.«

»Na gut, wenn er hierbleibt, kannst du dich wenigstens schlafen legen.«

Die Augen der alten Vettel verengten sich. »Ha, das habt ihr Gschwerl euch schön ausgedacht. Du tust ganz freundlich, damit ich nicht mehr aufpass und ihr einsteigen könnt. Verschwind, Henkerin!« Mit einem Krachen flog der Laden zu, dass es nur so von den Häusern widerhallte.

Ursel sah Maria aus großen Augen an. »Was war denn das?«

»Die Frau erwartet von allen nur das Schlimmste. Gräm dich nicht, Kind, ich hab erfahren, was ich wissen wollte.« Sie eilte zu Frantz und berichtete ihm, wo der Neffe vermutlich die Nacht verbrachte. Einen Zirkelschmied sollten sie in der Gasse schon finden. Bestimmt hatte er ein Schild am Haus. »Ich weiß leider nicht, wie lang er noch in der Stadt bleibt. Jemand sollte noch heute Nacht den Verdächtigen befragen, seine Sachen durchsuchen.«

Frantz lachte. »Das hast du fein gemacht, und weil du gerade so vor Tatendrang strotzt, wie wär's, wenn du zum Richter gehst und fragst, ob er mit dem Schöffen Nützel den Burschen verhören will?«

»Ja, das mach ich.« Ein Zupfen an ihrem Ärmel erinnerte sie an ihre junge Begleiterin. »Du wartest besser bei deiner Mutter, Ursel.«

»Aber es ist doch schon spät. Ich hab Hunger und werd müde und … überhaupt, darf ich nicht allein zu euch nach Hause gehen?«

Maria lächelte sie an. »Wenn wir alle für die Sicherheit Nürnbergs leiden müssen, kannst du schon ein wenig hungern. Ins Bett würdest du eh noch nicht wollen. Und vielleicht hat deine Mutter ja was zu naschen.«

»Dann hätte sie mir längst was gegeben.«

Maria seufzte. »Zum Richter kann ich dich wirklich nicht mitnehmen.«

»Schade, ich war noch nie bei einem Richter.«

»Na, ins Haus lässt er mich wahrscheinlich auch nicht. Jetzt geh, und sei brav.«

Ohne sich noch einmal umzuschauen, marschierte Maria gen Burg und sprach sich selbst Mut zu. Was war schon dabei, mit dem Stadtrichter zu reden? Sie handelte schließlich in seinem Sinn, und er sollte ihr danken, wenn sie half, den Dieb zu fassen.

* * *

Einmal mehr fragte sich Frantz, wie sinnvoll es war, hier bis Mitternacht herumzustehen. Der Einbrecher mochte längst aus der Stadt geflohen sein. Bestimmt hatte er beim Richter und den Nützelbrüdern gute Beute gemacht. Die Kälte kroch ihm allmählich in die Knochen, aber wenigstens herrschte kein Frost. Eben hatte der Türmer zwei Stunden in die Nacht hinein geschlagen. Dann musste er noch fünf Stunden hier herumstehen, falls dieser Neffe unschuldig oder heute Abend nicht mehr zu finden war. Er seufzte und drehte sich einmal im Kreis. Vereinzelt liefen noch Grüppchen von Menschen herum, die vermutlich Freunde oder Verwandte besucht hatten.

Da ertönte ein seltsames Geräusch, nicht wie die Flöte, sondern ein Keuchen und Japsen. Er schaute sich um, konnte jedoch nichts erkennen, bis die Tür zum Nachbarhaus der Löffelholz aufflog und die Sattlerin heraustorkelte. Ging es ihr nicht gut? Frantz rannte zu ihr. »Was fehlt dir?«

Sie war ganz fahl im Gesicht, die Hände zitterten. »Meister Frantz! Ihr … Ihr seid noch da. Das ist gut. Ich … ich … hab in den Hinterhof geschaut. Bei den Löffelholz ist die eine Tür nach hinten raus nur angelehnt! Das war vor ein paar Stunden noch nicht. Der Stadtknecht hätt's bestimmt gemerkt.«

»Vermaledeit noch eins, dann muss er an uns vorbeigeschlichen sein!« Und Frantz hatte auch eine sehr genaue Vorstellung, wie der Schelm das bewerkstelligt hatte. Wen konnte er um Hilfe rufen, um im Haus nach dem Rechten zu schauen? In Bereitschaft war nur Kathi. Vielleicht war der Neffe doch unschuldig, und der Schuft befand sich noch im Haus. »Zeig mir die Tür, und dann lauf zur Schützenstube und gib der Frau vom Leinfelder Bescheid, was los ist. Ich schau mich drin um.« Er schluckte sein Unbehagen hinunter.

»Aber nehmt bloß nichts mit!«

Frantz blinzelte mehrfach, während er die Worte verdaute, doch das änderte nichts. »Du kannst mich ja hinterher durchsuchen.« Er betrat das Haus und tastete sich durch den finsteren Korridor auf den schwachen Lichtschein am anderen Ende zu. Ein Törlein führte in den Hinterhof, wo eine Fackel in einer Halterung brannte. Die hatte wohl die Sattlerin da hingesteckt. Er nahm sie und schritt an der Wand entlang zum Nachbarhaus. Die angelehnte Tür fand er leicht auch ohne Hilfe. Doch was nun? Durfte er einfach in das Haus gehen? Falls er den Dieb erwischte, wären ihm alle dankbar. Falls nicht, hatte er allenfalls eine Rüge zu fürchten. Er drückte die Tür auf und leuchtete mit der Fackel hinein. Im Erdgeschoss wurde einiges Gerümpel gelagert, sogar ein altes Fuhrwerk stand in der Ecke, womöglich noch aus der Zeit, als die Löffelholz das Stadthaus bezogen. Hier wurden früher sicher auch Rösser untergebracht. Darauf achtend, auf nichts zu treten oder zu stolpern, bewegte er sich auf eine Treppe zu, die in die Wohnräume führen musste.

Frantz hielt inne und lauschte. Ein Kratzen hinter ihm. Er wirbelte herum, sah jedoch nichts. Vielleicht eine Ratte. Nach einem Menschen hatte es eigentlich nicht geklungen. Langsam stieg er hinauf, nahm jedes Knirschen der Holzbretter unter seinen Tritten überlaut wahr. Von einer Art Diele gingen zwei Türen und ein Korridor ab. Wieder horchte er angestrengt. Nichts Verdächtiges. Er öffnete die erste Tür. Zwei Pritschen, zwei Truhen, ein Tischlein mit zwei Stühlen. Offenbar schliefen hier Mägde oder Knechte. Ein ähnliches Bild bot sich hinter der gegenüberliegenden Tür. Alle Sinne geschärft schlich er weiter den Gang entlang auf eine größere Tür mit Schnitzereien und Bemalung zu, doch die ließ sich nicht öffnen. Verwirrt kratzte er sich die Stirn. Verschlossen? Dann war hier doch niemand eingestiegen. Die Anspannung wich. Offenbar hatten Max und die Sattlerin nur nicht gesehen, dass die Tür unten lediglich angelehnt war. Er nahm einen tiefen Atemzug. Doch auch Scheurl fand sein Haus verschlossen vor, als er zurückkehrte.

Eine Stimme hinter ihm rief: »Obacht!«

Frantz fuhr zusammen. Im nächsten Moment wirbelte er herum, den

Dolch gezogen. Ein Schrei. Die Sattlerin! Stöhnend ließ er die Hand mit der Klinge sinken. »Was schleichst du mir nach?«, blaffte er. »Das ist gefährlich!«

»Ich wollt Euch nur warnen, dass ich auch da bin.«

Frantz schnaubte, musste sich mühsam beherrschen, nicht ausfallend zu werden. »Die Tür ist zugesperrt, und in den Kammern schläft wohl Gesinde. Schauen wir oben nach.«

»Da bin ich aber froh, dass keiner ins Haus gekommen ist.«

»Ich auch.« Im nächsten Stockwerk standen sie ebenfalls vor einer verschlossenen Tür.

Die Sattlerin sagte: »Unterm Dach wohnt nur Gesinde. Da brauchen wir gar nicht schauen. Die sind auch alle ausgeflogen, und bei denen gibt's ja nichts zu stehlen.«

Frantz nickte. »Gehen wir runter. Wahrscheinlich habt ihr bloß nicht gesehen, dass die Tür unverschlossen war.«

»Doch, doch, das hätten wir gemerkt. Der Leinfelder hat auch an allem gerüttelt. Vielleicht war ein Knecht da, um was zu holen, und hat vergessen, wieder abzusperren.«

»Mag sein.« Frantz wies sie mit einer Armbewegung zur Treppe. Nur zögernd folgte sie seiner Aufforderung, ganz so als würde sie sich noch gern etwas bei den Nachbarn umschauen.

Frantz fragte: »Dein Neffe war nicht zufällig im Innenhof und hat womöglich den Schurken vertrieben?«

Auf halber Höhe blieb sie stehen und wandte sich zu ihm um. Zum ersten Mal lächelte sie. »Doch, das wär gut möglich. Der hat noch ein bisserl Holz klein gemacht und für mich und meinen Alten Zeug aus dem Keller geholt. Unsere Magd ist seit heute auch auf Familienbesuch.«

»Da wird er einige Zeit beschäftigt gewesen sein«, strapazierte Frantz ihre ungewöhnliche Auskunftsfreudigkeit weiter.

»Ja, freilich. Ein fleißiger Bursche ist das. Ich glaub, der hat über eine Stunde für uns geschuftet.«

Da sie immer noch keine Anstalten machte weiterzugehen, überholte

Frantz sie. Er musste mit dem Richter oder mit Nützel sprechen, falls sich die beiden nicht schon den Kerl vorknöpften. »Wie heißt dein Neffe? Dann können wir ihn fragen, ob er was Verdächtiges gesehen hat. Vielleicht kann er uns den Einbrecher sogar beschreiben.«

»Das macht er bestimmt gern. Pangratz Baumgartner heißt er und stammt aus Kremmeldorf. Da hat meine Schwester hingeheiratet.«

»Etwa eine Meile hinter Bamberg, richtig?«

»Genau, Ihr kennt Euch aus.«

Er war ja auch größtenteils in Bamberg aufgewachsen. »Und bei welchem Meister hat er hier gelernt? Da übernachtet er, richtig?«

»Ja, das hab ich Eurer Frau erzählt, und die hat's Euch wohl brühwarm weitergetratscht.«

Getratscht? Dieses Weib kostete ihn wahrlich einiges an Selbstbeherrschung.

»Der Name des Zirkelschmieds?«

»Peter Ziegler«, murrte sie. »In der Judengasse.«

»Dank dir, Sattlerin.« Frantz reichte ihr die Fackel und tastete sich durchs Erdgeschoss.

* * *

Zaghaft hob Maria die Hand, um an die schwere Eichentür zu pochen. Noch einmal sprach sie sich Mut zu, dann hämmerte sie heftiger gegen das Holz, als sie beabsichtigt hatte.

Lange rührte sich nichts. Sie pochte noch einmal, und fast sofort wurde geöffnet. »Du wünschst?«, fragte ein Diener und hob die Nase ein Stück höher.

»Ich bin Maria Schmidtin, die Ehewirtin des Nachrichters.«

Ein Zucken lief über das Gesicht des Mannes, dann schien es zu versteinern.

»Ich muss den werten Herrn Scheurl sprechen. Es geht um den Dieb.«

»Oh.« Der Diener kratzte sich die Stirn. »Moment.« Die Tür ging zu.

Eine Unehrliche wie sie durfte offenbar nicht einmal in der Diele oder der Vorhalle warten. Äußerst stattlich wirkte das Gebäude. Als sich die Tür endlich wieder öffnete, stand der Richter persönlich vor ihr. »Schmidtin, gibt's was Neues über den Dieb? Ich hab nicht erwartet, heute noch etwas zu erfahren, am allerwenigsten von dir.« Trotz der barschen Worte schaute er sehr freundlich drein.

»Herr, wir glauben zu wissen, wo sich der Dieb befindet.«

Jetzt schnellten die buschigen Augenbrauen hoch. »Wirklich?«

»Ja, es ist allerdings nicht gewiss, nur ein Verdacht, doch wenn wir heute Nacht nichts unternehmen, könnte er morgen schon fort sein.«

Er winkte sie herein. »Erzähl.«

Im Eingangsbereich sprudelte alles aus ihr heraus. Mehrfach nickte der Richter und warf seinen Umhang über, noch bevor sie geendet hatte. »Guter Vorschlag, den Nützel nehmen wir auch mit. Ein Stadtknecht mit Schwert wäre mir zwar noch lieber, doch zu dritt werden wir seiner schon Herr werden.«

Maria nickte, erfreut, dass dieser hohe Herr die Botschaft aus ihrem Mund ernst nahm, aber auch überrascht, dass er sie als tatkräftige Helferin betrachtete. In dem Moment wandte er sich seinem Diener zu. »Na los, zieh dich an. Wir haben für Recht und Ordnung zu sorgen.«

Natürlich, so ergab das mehr Sinn. Wie konnte sie schon helfen?

Außerdem schlug der Richter vor: »Vielleicht sollten wir deinen Mann auch mitnehmen!«

»Kann sicher nicht schaden. Er trägt einen Dolch.«

»Gut, das werde ich auch tun.« Den musste er allerdings erst suchen, da sein Diener davongeeilt war, um sich warme Sachen anzuziehen.

Schließlich brachen sie auf und eilten zurück zum Löffelholz-Anwesen, doch von Frantz war nichts zu sehen. Marias Blicke wanderten in die finsteren Hauseingänge. »Merkwürdig, er sollte bis zu seiner Ablösung hier wachen. Ob etwas vorgefallen ist?«

Scheurl zuckte die Schultern. »Holen wir den Schöffen ab.«

Gott sei Dank war es nicht weit. Maria taten allmählich die Füße weh, und ihre Brüste drückten. Leider trafen sie bei Hans Nützel nur eine Magd an. »Tut mir sehr leid, der Herr ist beim werten Tucher, also beim Christoph Tucher, um sich wegen des Diebstahls mit ihm zu beraten.«

Scheurl atmete hörbar durch. »Na gut, dann muss es eben so gehen. Bis zum Tucherschloss ist es mir jetzt zu weit. Die Judengasse liegt auf halbem Weg dorthin.«

»Soll ich dem Herrn etwas bestellen?«, fragte die Magd, doch Scheurl winkte ab und stapfte voraus.

Maria musste sich anstrengen, ihn einzuholen. »Da entlang, Herr.«

Kapitel 7:
Pardauz

Frantz traf beim Richter niemanden an, also begab er sich direkt zur Judengasse. Es sollte nicht schwer sein, dort den Zirkelschmied ausfindig zu machen. Am liebsten wäre er gerannt, aber dann hätten ihn die wenigen Leute, die ihm begegneten, wohl doch angestarrt. Mit weit ausholenden Schritten kam er trotzdem schnell vorwärts und geriet nicht außer Atem.

Hoffentlich hatte der Richter genug Begleiter, falls er sich denn darauf eingelassen hatte, den Verdächtigen zu verhaften. Der Mann blickte schließlich einem Todesurteil entgegen, wenn er gefasst und seine Schuld erwiesen wurde. Solche Leute waren immer gefährlich, denn sie hatten nichts zu verlieren und alles zu gewinnen.

Zu dumm, dass er sich nicht erinnern konnte, welches Haus Max beobachten wollte, sonst hätte er ihn dazugeholt. Er hätte Kathi fragen und ihr Bescheid geben sollen.

Als Frantz in die nächste Straße einbog, sah er niemanden, also begann er doch zu laufen. Da hinten war schon die Judengasse. Er verlangsamte seine Schritte, blieb an der Abzweigung stehen und spähte in die Gasse. Keine Menschenseele. Er schlenderte hinein, betrachtete zu beiden Seiten der Straße die Geschäfte und Werkstätten im Erdgeschoss. Die Läden waren um diese Zeit alle geschlossen, deshalb hielt er nach einem schmiedeeisernen Schild Ausschau, das einen Zirkel, Kompass oder dergleichen Feinwerkzeug darstellte.

Zu seiner Linken ging eine Tür auf. Frantz konnte gerade noch beiseitespringen, bevor die Magd einen Eimer mit Waschwasser auf die Straße kippte.

»Oh, Verzeihung, hab dich in der Dunkelheit gar nicht gesehen.«

»Ist ja noch mal gut gegangen. Sag, wo ist denn hier der Zirkelschmied?«

»Was willst denn an einem Feiertag vom Ziegler?«

»Nur was fragen und ihm frohe Weihnachten wünschen.«

»Ja dann. Auf der anderen Straßenseite, drei Häuser weiter.« Sie deutete auf das Gebäude. »Siehst die großen Fenster im Erdgeschoss? Der hat sogar eine Butzenscheibe in der Werkstatt. Kannst dir so was vorstellen? Unsereins hängt gewachsten Stoff vor die Fenster, damit ein wenig Licht reinkommt, aber nicht so viel Kälte.«

Butzenscheiben als Zirkelschmied? Dann musste der Mann gut verdienen. Nur allzu gern hätte er selber solche im Henkerhaus. »Alle Achtung. Dank dir.«

Die Dunkelheit war doch auch angenehm. Die Magd hatte ihn nicht erkannt, sich nicht vor ihm gefürchtet. Lächelnd ging er weiter. Vor dem Gebäude fragte er sich, ob Richter und Schöffe schon drin waren. Aus der Werkstatt konnte er durch die Ritzen der geschlossenen Läden kein Licht dringen sehen. Er müsste wohl oder übel warten. Schon wieder. Doch zu seiner Erleichterung dauerte es nicht lange, bis er Schritte hörte. Eine Gruppe von drei Personen kam auf ihn zu – eine davon eine Frau mit auffallend schmal geschnittenem Rock, wie Maria ihn gern an Werktagen und auch heute Abend trug. Falls es gewöhnliche Passanten waren, wollte er sie nicht erschrecken, also ging er ihnen entgegen. Dann meinte er Marias energische Schritte zu hören. Der Hut des größeren Mannes war mit Federn geschmückt. Der Richter. Frantz blieb stehen und lächelte, als er sein Weib erkannte.

Scheurl sah ihn überrascht an. »Meister Frantz, Ihr hier? Warum wart Ihr nicht auf Eurem Posten, als wir Euch gesucht haben?«

»Wahrscheinlich hat mir in dem Moment die Sattlerin den Hinterhof gezeigt, dort gab es plötzlich eine angelehnte Tür. Der Einbrecher könnte also auch den Schöffen Löffelholz bestohlen haben.« In kurzen Worten erzählte er, was er noch über den Pangratz Baumgartner von dessen Tante erfahren hatte. »Ich hab ihr vorgegaukelt, ihr Neffe wäre womöglich ein wichtiger Zeuge, hätte vielleicht sogar den Gauner vertrieben. Das könnten wir auch jetzt vorgeben, damit er uns nicht sofort ausbüxt.«

»Guter Vorschlag, und womöglich ist es sogar die Wahrheit. Ihr wisst, in welchem Haus sich die Werkstatt befindet?«

Frantz führte sie hin. Vor dem Tor wandte er sich an Maria. »Du bleibst am besten draußen, falls er sich wehrt.«

Der Richter schüttelte den Kopf. »Ich hätt Euer Weib gern dabei. Wir als Richter und Nachrichter sind Amtspersonen. Zwei Zeugen aus der Bevölkerung wären wünschenswert, falls wir bei dem Burschen die Beute finden.« Er räusperte sich. »Ich bin auch noch Opfer, nicht nur Richter, also durchaus nicht ganz unvoreingenommen.«

Frantz nahm Marias Hand in seine und versuchte, in ihrem Gesicht zu lesen. Seine sonst so unerschrockene Frau lächelte etwas zaghaft, dann nickte sie.

Der Richter hatte mit erhobener Hand nur darauf gewartet und klopfte sogleich. Eine schwer verständliche Stimme drang aus dem Inneren. Anscheinend war der Zirkelschmied in seiner Werkstatt, obwohl kein Licht herausdrang. Die Ritzen in den Läden mussten gut abgedichtet sein. Recht schwungvoll öffnete sich das Tor. Ein dicklicher Mann mit roten Wangen und kahlem Kopf stand vor ihnen, nicht gerade festlich gekleidet, aber auch nicht für die Arbeit. »Was ist denn?«

»Du bist der Meister hier, Peter Ziegler?«, fragte Scheurl.

»Ganz recht. Und Ihr … seid der Stadtrichter, oder täuschen mich meine Augen?«

»Nein, du siehst noch ganz gut. Christoph Scheurl heiß ich.«

»Na so was. Soll ich für Euch einen Richterstab schmieden, der nicht bricht?«

Frantz hätte beinah gelacht, doch Scheurl verzog keine Miene.

»Beherbergst du über die Feiertage einen früheren Lehrling von dir? Den Pangratz Baumgartner müssten wir nämlich was fragen.«

»So?« Der Zirkelschmied blickte über die Schulter in die Werkstatt.

Frantz reckte den Hals, um hineinzuspähen.

Der Richter erklärte: »Ja, er könnt ein wichtiger Zeuge sein. Eine Tante von ihm lebt hier in der Stadt gleich neben der Familie Löffelholz. Er hat heut einige Arbeiten für sie erledigt, und da könnt er was beobachtet haben.«

»Kommt herein, Herrschaften.« Da erblickte der Hausherr Maria und fügte mit einem Lächeln hinzu: »Und Frauschaft.«

Tatsächlich hingen Wolldecken vor den Läden zur Straße hin. Im hinteren Bereich wurde die Werkstatt von zwei Talglampen erhellt, und es brannte ein kleines Schmiedefeuer, dessen Wärme durch ein Gitter in der Decke in die Wohnräume hinaufstieg. Beim Feuer, dessen flackerndes Licht sich wahrhaftig in einer Butzenscheibe spiegelte, standen zwei Werktische. An einem saß ein Mann und hantierte mit etwas. War das eine Waffe? Zu finster, um Genaueres zu erkennen.

Ziegler rief: »Pangratz, geh her da. Die Leut wollen dich was fragen, weil du doch bei deiner Muhme und deinem Oheim warst.«

Der Mann erhob sich und kam näher. »Ist was mit ihr? Ihr geht's doch gut?«

Frantz wandte den Blick nicht von den Händen des Mannes. Die Rechte hielt eindeutig einen länglichen Gegenstand.

»Keine Sorge«, antwortete Maria, die ihm offenbar diese Angst schnell nehmen wollte, und trat vor.

* * *

Maria meinte Erkennen, dann Überraschung im Gesicht des Mannes zu lesen. Sie hätte besser den Mund gehalten.

»Dir bin ich doch heut schon einmal begegnet«, stellte er fest und lächelte. »Gar nicht so weit weg von meiner Tante.«

»Richtig, ich hab mich danach noch mit ihr unterhalten, deshalb haben wir gewusst, wo wir dich finden.«

Keiner der Männer, die sie begleiteten, sagte etwas, alle schienen nur auf eine Reaktion von diesem Pangratz zu warten.

»Und deshalb seid ihr hier?«, fragte er und kam auch noch die letzten Schritte heran, hob freundlich einen Arm, den er um seinen alten Meister legte. »Magst unseren Gästen nichts anbieten, Meister?«

Verlegen schaute sich der Zirkelschmied um. »Ja, was könnt ich denn den Herrschaften reichen?«

»Nicht nötig«, wandte der Richter ein. »Wir sind in einer offiziellen Angelegenheit hier.«

Pangratz stieß Ziegler beiseite und legte blitzschnell den Arm um Maria, fest, sehr fest. Vor Überraschung dachte sie gar nicht daran, ihn abzuschütteln, bis es zu spät war. Kaltes Metall berührte ihren Hals. Die Rufe um sie herum drangen kaum zu ihr durch. Nur ein Gedanke fand Raum in ihrem Kopf: Stefan! Das Würmchen brauchte sie doch! Und die Mädel auch. Jorgen käme eher zurecht … Ihr Blick traf den ihres Mannes. Frantz stand wie versteinert, starrte sie an, das Gesicht fahl. Jetzt hörte sie die Stimmen deutlich, die Pangratz befahlen, das Messer fallen zu lassen, sich zu ergeben. Marias Gesichtsfeld weitete sich wieder. Frantz hielt einen Dolch in der Hand, der Richter ebenso. Der Diener lugte hinter seinem Herrn hervor. Höchstens zwei Schritte standen sie entfernt. Wo war Meister Peter? Sie versuchte, den Kopf zu drehen, weg von der Klinge, doch der leichte Druck ließ nicht nach. Sehen konnte sie Ziegler immer noch nicht.

Maria musste das Herz des Diebs erweichen. Er war schließlich kein Mörder. »Ich hab einen vier Monate alten Sohn zu Hause und zwei kleine Mädel.«

»Dann solltest du bei ihnen sein, nicht hier«, knurrte Pangratz.

»Bald«, hauchte sie, erinnerte sich an die Stiefel aus feinem Kalbsleder, die der Mann getragen hatte. Sie senkte den Blick, ohne den Kopf zu neigen. Hoffentlich verstand Frantz. Dann hob sie den Fuß und trat mit dem hölzernen Absatz mit voller Wucht auf den Fußspann ihres Peinigers. Ein gellender Schrei betäubte ihre Ohren, der Griff lockerte sich. Frantz sprang auf sie zu. Im selben Moment, drückte Maria die Hand mit dem Messer beiseite, zog den Kopf ein, duckte sich weg, lief zur Tür, wagte nicht, zurückzuschauen. Allmächtiger, beschütze Frantz! Der Diener fing sie auf, hielt sie fest.

»Lass mich.« Sie stieß ihn zurück und wirbelte zu den Kämpfenden herum. »Frantz, pass auf!« Sie konnte kaum unterscheiden, wer da wen packte, wessen Klinge aufblitzte. Ein Stöhnen, dann brach ein Körper zusammen. Frantz stand noch, drehte sich zu ihr um. Angst furchte sein Gesicht, Angst um sie. Erst jetzt konnte sie Meister Peter ausmachen, der sich mit einem Schüreisen über den Bewusstlosen beugte. »Er lebt noch. Dem Herrn sei Dank! Umbringen wollt ich ihn nicht gleich.«

Frantz würdigte den Verletzten nur eines kurzen Blicks, dann schloss er sie in die Arme. »Du bist unverletzt?«

»Ja.« Tränen der Erleichterung liefen ihr übers Gesicht, während sie sich an ihren Mann klammerte. Bald würde sie auch die Kinder wieder in die Arme schließen. Eine unerträgliche Last fiel von ihr ab.

»Das war sehr gewagt von dir.«

»Ich weiß, aber ich hab gewusst, dass ich mich auf dich verlassen kann.«

Ein Räuspern holte sie beide zurück. Der Richter sagte: »Meister Frantz, Ihr solltet Euch den Verletzten anschauen, damit er uns nicht noch stirbt, bevor wir ihn verhaften können.«

Nur sehr langsam lösten sich seine Arme von ihr. Maria lächelte ihren Mann an. »Schon gut, Frantz, mir ist nichts passiert.«

Seine Hände fuhren über ihren Hals. »Er hat dich nicht einmal geritzt. Ein Glück für ihn, sonst …« Noch einmal umarmte er sie, bevor er neben Pangratz Baumgartner niederkniete und dessen Kopf anschaute. Ziegler hielt eine Talglampe für ihn. Frantz betastete den Schädel. »Die Wunde blutet stark, aber der Knochen ist heil geblieben. Der Schuft wird leben, wenigstens noch einige Tage.«

Ein Wimmern drang aus dem Mund des Meisters. »Ich hab nicht gewusst, was ich tun soll. Weiß ja nicht mal, was Ihr ihm zur Last legt, aber wenn er mit dem Nachrichter kämpft, muss es schlimm sein.«

Frantz band dem Verletzten die Arme hinter dem Rücken zusammen, dann auch noch die Füße. »Zeig uns seine Kammer. Ich fürchte, dort werden wir die Beute aus mehreren Einbrüchen finden, wenn er sie nicht irgendwo anders bei dir im Haus versteckt hat.«

»Einbrüche?«

»Ja.«

Maria dachte daran, dass Pangratz gar nichts hatte aufbrechen müssen.

Sie ging zu dem Werktisch, an dem er gesessen hatte, und betrachtete die feinen Metallarbeiten, die dort lagen. Für keinen der Gegenstände fiel ihr eine Verwendung ein. Sie wandte sich an den Zirkelschmied. »Woran hat der Pangratz gearbeitet? Könnte man damit Schlösser öffnen und wieder zusperren?«

»Was? Oh, du meinst …« Meister Peter kam zu ihr und betrachtete zwei der dünnen Metallstäbchen mit kleinen Haken. »Hm, das könnte in der Tat funktionieren! Mir hat er was vorgeflunkert, dass er für seine Tante bessere Nadeln machen will. Zum Häkeln oder Klöppeln? Ich kenn mich mit so Weiberzeug nicht aus.«

Maria grinste. »Das merk ich. Wenn Euer Weib oder Eure Töchter mit diesen Dingern irgendwas Brauchbares zustande bringen, sind sie wahre Meisterinnen der Handarbeit.«

Frantz fragte: »Werter Scheurl, braucht Ihr uns noch? Ich würde meine Frau gern nach Hause bringen.«

Seufzend zog der Richter eine Grimasse. »Das versteh ich gut, aber gerade jetzt kann ich als einer der Bestohlenen die vorhin erwähnten zwei Zeugen brauchen.«

»Ist schon recht«, sagte Maria. Ihr ging es gut. So gut wie lange nicht mehr. Sie lebte! »Ich bin auch gespannt, was er alles erhascht hat.«

Der Richter wirkte ehrlich erleichtert. »Dank dir, Schmidtin.«

»Dann passe ich auf unseren Galgenvogel auf.« Frantz setzte sich auf einen der Schemel.

»Sehr gut.« Scheurl winkte seinen Diener herbei.

Ziegler führte sie über eine Stiege im hinteren Teil der Werkstatt hinauf zu den Wohnräumen und brachte sie zur Kammer des Übeltäters. »Der Fritz, unser Lehrbub, besucht über die Feiertage auch seine Familie, deshalb hat's grad gut gepasst, wie mich der Pangratz um Unterkunft gebeten hat.«

Eine Frau und eine junge Maid kamen den Gang entlang. »Was ist denn hier los? Wer sind die Leut?«, fragte die Ältere.

»Der Herr Richter Scheurl und sein Diener.«

»Wieso das? Verzeiht, Herr, ich bin nur … überrascht.« Nun musterte sie

Maria, fragte aber nicht.

Ziegler zog eine schmerzliche Grimasse. »Ja, den Pangratz, den hätten wir besser nicht ins Haus gelassen. Jetzt haben wir die Bescherung.«

Die Hand der Frau wanderte zu der Kette um ihren Hals. »Was redest du?« Ihr ratloser Blick suchte den des Richters.

»Ein geschickter Dieb ist dein Gast«, antwortete Scheurl. »Er ist nicht nur bei mir eingestiegen, sondern zumindest auch noch beim Schöffen Hans Nützel.«

Die Frau holte tief Luft, rang um Worte. »Dann ist die Kette am End auch gestohlen ...?«

Der Richter trat näher zu ihr und betrachtete das Schmuckstück. »Meiner Frau gehört sie nicht, aber vielleicht einer anderen. Am besten nehmen wir alles aus seiner Kammer mit. Falls irgendwas dem Lehrbuben gehört, dann kriegt er's wieder.«

Ziegler seufzte. »Ich glaub, der hat alles mitgenommen. Hat ja nicht viel.« Er ging in die Kammer und sah sich um. Maria stellte sich auf die Zehenspitzen, um hineinzulinsen. Kleidung lag auf dem Boden. Ein praller Leinensack lehnte in der Ecke.

Der Richter betrat den Raum, hob die Bettdecke, schaute unter die Schlafmatte und unters Bettgestell. Von dort fischte er einen Lederbeutel hervor. Scheurl öffnete den zuerst und nickte. Dann warf er einen kurzen Blick in den Leinensack, lächelte und reichte ihn seinem Diener. »Davon gehört einiges mir. Wir haben den Richtigen! Pack die Kleidung zusammen.«

An einem Wandhaken entdeckte Maria den hübschen Umhang. »Der könnte auch Diebesgut sein.«

Scheurl nahm ihn und durchsuchte die Taschen. »Richtig, so was trägt kein gewöhnlicher Zirkelschmied auf Wanderschaft. Ich glaube, wir haben alles. Gehen wir.«

»Nehmt den Pangratz mit!«, rief die Meisterin.

»Selbstverständlich«, antwortete Scheurl. »Wenn er denn schon zu sich gekommen ist. Sonst brauchen wir eine Trage. Dein Mann war uns eine große Hilfe. Ihr braucht Euch wirklich keine Vorwürfe zu machen, aber die

Kette gibst du mir lieber mit, wenn der Baumgartner sie dir geschenkt hat.«

Schniefend nahm sie das Schmuckstück ab und reichte es sehr langsam dem Richter.

Er lächelte sie an. »Du bist ein anständiges Weib, hättest uns auch verschweigen können, dass sie von ihm stammt.«

»Freude hätte ich doch keine mehr dran gehabt.«

* * *

Frantz wusste es zu schätzen, dass er sitzen konnte, fühlte sich immer noch zittrig, weich in den Knien. Niemals hätten sie Maria mitnehmen dürfen. Was für ein Leichtsinn. Natürlich hatte sie nicht damit gerechnet, von dem Kerl angegriffen zu werden, doch *er* hätte es besser wissen müssen. Während Frantz auf den reglosen Körper starrte, liefen immer wieder die schrecklichen Ereignisse vor seinem inneren Auge ab. Die lähmende Angst und Marias unglaublich beherrschte Reaktion, ihr Vertrauen in ihn, dass ein Blick genügte, um ihm zu verraten, was sie tun würde. Ein Schauder lief ihm den Rücken hinunter. So vieles hätte fehlgehen können.

Schritte auf der Treppe verrieten ihm, dass Maria gleich wieder bei ihm wäre. Selten war es ihm so schwergefallen, nicht in ihrer Nähe sein zu können. Nicht einmal, wenn sie niederkam. Er stand auf. Seine Beine gehorchten. Als wüsste sein Weib, wie es ihm ging, schmiegte sie sich in seine Arme. »Wir haben die Beute.«

Frantz drückte sie noch fester an sich, dann riss er sich zusammen und drehte sich zu Baumgartner um. Hm, seine Haltung wirkte leicht verändert. Ohne Reue trat er ihm mit der Stiefelspitze gegen das Schienbein. Ein Jaulen hallte durch die Werkstatt.

»Hab ich's mir doch gedacht, dass du zu dir gekommen bist.«

»Tut das weh.« Baumgartner setzte sich mühsam auf. »Ihr hättet auch fragen können!«

»Und du hättest dich weiter bewusstlos gestellt.« Frantz löste ihm die Beinfessel. »Hoch mit dir.« Er zog ihn auf die Füße und wartete nur darauf, dass der Mistkerl zu fliehen versuchte. Doch der gab sich friedfertig, spürte vielleicht den wachsenden Zorn seines Aufpassers.

An den Zirkelschmied gewandt fragte Frantz: »Hast du ein Seil oder einen Riemen für mich?«

»Sicher, nur wo?« Der rundliche Mann wirbelte durch die Werkstatt und kehrte mit einem ziemlich langen Lederriemen zurück.

»Wunderbar.« Frantz löste den Strick und knotete das Leder um die Handgelenke, strich mit den Händen über die restliche Länge. »Wenn er Dummheiten macht, kann ich das andere Ende als Peitsche verwenden.«

»Dazu habt Ihr ohne Urteil kein Recht, Meister Frantz«, wandte der Richter ein. Dann lächelte er. »Wenn es dazu dient, den Schurken an der Flucht zu hindern, ist es allerdings Eure Bürgerpflicht.«

Bürgerpflicht … Er war offiziell kein Bürger, nur ein Bewohner der Stadt. Ob er den Rat darum bitten könnte, ihm das Bürgerrecht zu verleihen? Vielleicht brauchte er das, um seine Söhne auf eine Lateinschule zu schicken.

Sie zogen los, Maria allen voran. Ob ihr die Milch eingeschossen war, weil sie es gar so eilig hatte? Es konnte längst Zeit sein, Stefan zu stillen. Der Diener schleppte einen beachtlich dicken Sack und einen Lederbeutel. Der Richter trug den Umhang und ging neben ihm her.

Frantz schwang die halbe Länge des Riemens vor und zurück. »Gute Lust hätte ich.«

Scheurl warf ihm einen Seitenblick zu, dann schürzte er die Lippen. »Ich glaube, ich hab was fallen lassen.« Der Mann blieb stehen, wandte sich um und tat, als suche er das Pflaster ab.

Grinsend holte Frantz aus und schlug zu. Baumgartner zuckte zusammen, stöhnte aber nur leicht.

Der Richter holte schnell wieder auf. »Wird man einen Striemen sehen?«

»Dafür ist er zu warm angezogen«, beruhigte Frantz den Mann. »Hat ihm auch nicht sonderlich wehgetan, mir hingegen hat es sehr gutgetan.«

Offenbar hatte das Japsen Maria alarmiert. Sie wartete auf ihn, warf dabei dem Mann, der ihr ein Messer an den Hals gehalten hatte, einen verächtlichen Blick zu und hakte sich bei Frantz unter. »Das haben wir doch recht gut gemacht. Allerdings sollte jemand die Stadtknechte und Schützen ablaufen und ihnen sagen, dass sie normalen Dienst machen oder heimgehen können.«

»Stimmt, die Gefahr ist gebannt. Max wird sich freuen und Kathi sicher auch.«

Als sie das Rathaus erreichten, brachten sie Baumgartner sogleich zum Lochgefängnis. Maria klopfte an die Tür der Lochhüterwohnung im Erdgeschoss. Anna Schallerin öffnete. »Grüß dich, Maria. Was führt dich denn zu uns?«

»Entschuldige, dass wir eure Feiertage stören.« Sie trat beiseite, um den Blick auf Frantz und Baumgartner frei zu geben. »Wir haben einen Gefangenen für euch. Ein schändlicher Dieb.«

»Was? Na so was, heut schon der zweite Gast. Und den hast du mit deinem Mann gefangen?«

»Mit etwas Hilfe.«

Richter Scheurl war hinter Frantz zurückgeblieben, doch nun trat er in den Lichtschein, der aus der Wohnung fiel. »Hat alles seine Richtigkeit, Schallerin.«

Eugen Schaller steckte nun ebenfalls den Kopf heraus. »Schon wieder Kundschaft, und das an Weihnachten?«

»Wer sitzt denn noch ein?«, fragte der Richter.

»Nur ein Bettler, der auch der Einbrecher hätt sein können, aber unter seinen Sachen haben wir nur wertlosen Plunder gefunden und einen Knopf aus Hirschhorn, der ihm heilig ist.«

»Verstehe, hat den der Leinfelder gebracht?«

»Genau.« Schaller flüsterte: »So hat der arme Kerl auch mal wieder eine anständige Mahlzeit gekriegt.«

Maria funkelte Baumgartner an. »Dem da solltet ihr nur trockenes Brot und Wasser geben. Hat mir ein Messer an den Hals gehalten!«

Frantz grinste. Maria zu ärgern war nie eine gute Idee.

Schaller rasselte mit den Schlüsseln. »Na, dann komm mit, Bürschla.«

Scheurl sagte: »Ihr helft ihm, Meister Frantz, wir gehen vor zur Schützenstube. Die Beute muss auch sicher verwahrt werden. Zu dumm, dass der Gerichtsschreiber nicht verfügbar ist.«

Maria lächelte. »Ich kenn da eine, die gern helfen wird.«

»Was? Ach, die Leinfelderin. Ja, die können wir jetzt gut brauchen.«

Die drei zogen los, und Frantz stieß Baumgartner zum Eingangstor des Lochgefängnisses.

* * *

Maria meinte immer noch zu schweben. Was war das für eine seltsame Anwandlung, nur weil sie um ein Haar dem Tod entgangen war? Ein Ausgleich für die Todesangst, die sie eine schiere Ewigkeit lang hatte erstarren lassen?

In der Schützenstube trafen sie nicht nur Kathi mit ihrer müden Tochter an, sondern auch die Herren Nützel und Tucher. Letzterer musterte sie alle drei, sichtlich verblüfft von ihrem Auftauchen. Was hinter der hohen Stirn in diesem Moment wohl vorging? Würde sie eines Verbrechens verdächtigt, könnte sie diesem Blick nicht lange trotzen. So jedoch genoss sie es, ihn auf eine Erklärung warten zu lassen. Aus dem Augenwinkel sah sie den Richter neben ihr spöttisch schmunzeln.

»Was ist los?«, platzte Nützel heraus.

Mit einem Fingerzeig bedeutete Scheurl seinem Diener, die Säcke abzustellen. »Das, werter Nützel, ist die Beute des infamen Einbrechers Pangratz Baumgartner, der nicht nur Euch und mich bestohlen hat, sondern sehr wahrscheinlich auch den werten Löffelholz. Wo ist die Leinfelderin? Wir können eine Schreiberin brauchen.«

»Hier«, rief Kathi und schob sich zwischen den Herren durch. »Aber kann das nicht bis morgen warten? Ich hab hier ein müdes Kind, und offenbar stehen sich mein Mann und einige mehr Ordnungshüter gerade unnötig die Füße in den Bauch.« Sie wedelte mit Papier. »Soll ich nicht lieber Max Bescheid geben, damit der die Jagd abblasen kann?«

Der Richter lächelte. »Recht hast du, trotzdem wäre es schön, wenn du uns nach den Feiertagen zur Verfügung stehen könntest.« Er wandte sich an Tucher. »Oder kommt Dürrenhofer schon am dritten Weihnachtsfeiertag zurück?«

»Ich bin mir nicht sicher, aber wohl eher nicht.«

»Ist recht, ich komm dann am Dienstag ins Rathaus?«

Der Richter nickte zufrieden.

Derweil strich Nützel schon die ganze Zeit um den großen Sack herum. »Wie kommt Ihr an die Beute? Sind da meine Sachen auch drin?«

Scheurl schenkte ihm ein mildes Lächeln. »Schaut nach, aber einiges davon gehört mir.«

Nützel öffnete den Sack und wühlte darin. »Ha, meine Uhr!«

Tucher stöhnte. »Spannt uns nicht länger auf die Folter, werter Scheurl.«

»Während die Herren Schöffen beratschlagten, wie dem Malefizbuben beizukommen sei, haben der Nachrichter und sein Weib ihn gefangen, mit etwas Unterstützung von meiner Wenigkeit.«

Jetzt fiel Tucher doch die Kinnlade herunter, aber er fasste sich schnell. »Der Mann sitzt im Loch?«, fragte er in erstaunlich ruhigem Ton.

»Ja, er wird gerade vom Lochhüter und von Meister Frantz eingesperrt.«

Tucher schaute Maria aus weit geöffneten Augen an. »Pardauz!« Dann breitete sich ein wohlgefälliges Lächeln auf dem Gesicht des Schöffen aus. »Erzähl, Schmidtin.«

Hilfe suchend schaute sie zum Richter, doch der grinste. »Ich hab nur den letzten Teil mitgekriegt.«

Kathi seufzte. »Dann kann ich auch gleich mitschreiben, denn wissen will ich es ja doch.«

Ursel stöhnte und schlang die Arme um Maria. »Halt mich, dann schlaf ich im Stehen.«

»Mach das, Kind.« Maria umarmte sie und berichtete.

* * *

Frantz sah zu, wie Schaller den vermaledeiten Dieb abtastete, ihm ein Messer abnahm und in Leder gewickelte feine Instrumente.

»Was ist das denn?«

Pangratz Baumgartner vermied es, Frantz anzuschauen. »Besonderes Werkzeug.«

»Um Schlösser zu öffnen«, ergänzte Frantz. »Passt bloß auf, dass er nicht noch irgendwo was versteckt hat, sonst bricht er uns aus.«

»Oha.« Schaller ließ ihn nun auch die feinen Lederstiefel ausziehen und suchte diese nach möglichen Verstecken ab. »Ich glaub, das war's.«

Frantz nahm ihm den rechten Stiefel ab, bewunderte das feine Leder, das allerdings nicht für den alltäglichen Gebrauch taugte. Marias Absatz hatte einen tiefen Kratzer hinterlassen. Lächelnd reichte er Baumgartner das Schuhwerk.

»Bringen wir ihn in die Keuche«, sagte Schaller.

Frantz packte den Mistkerl am Arm. »Vielleicht sollte er die ganze Zeit über Eisen an den Handgelenken tragen.«

»Wirklich? Aber das machen wir sonst nur bei ganz gefährlichen Verbrechern.«

Baumgartner sah Frantz jetzt offen in die Augen. »Ich hätt Eurer Frau niemals was getan. Hab noch nie einem Menschen ein Leid zugefügt. Ich war nur in dem Moment so ratlos, und sie so ... freundlich. Da hab ich nach ihr gegriffen. Eher bei ihr Schutz gesucht als alles andere.«

Was redete der Kerl da? Allerdings würde er so etwas wohl kaum erfinden, sich eher dafür schämen, dass er sich hinter einem Weiberrock versteckt hatte.

Pangratz holte tief Luft. »Meister Frantz, bitte, würdet Ihr meiner Tante nichts davon erzählen? Ich mein, dass ich Eure Frau bedroht hab. Sonst verachtet sie mich, dabei wird sie wohl die Einzige aus meiner Familie sein, die ich an meinem letzten Tag noch sehe.«

Das verblüffte Frantz nun wirklich. Er nickte. »Belügen werde ich sie nicht, aber von mir wird sie es nicht erfahren.«

»Ich danke Euch.«

»Beim Löffelholz bist du auch eingestiegen, richtig?«

Pangratz nickte. »Es war zu verlockend, zu einfach, um zu widerstehen.«

Nachdem sich die Zellentür hinter Pangratz geschlossen hatte, sah Schaller Frantz forschend an. »Was war jetzt das alles mit der Maria?«

Frantz lächelte. »Ich schätze, er ist kein ganz so schlechter Kerl.« Seltsam versöhnt mit dem, was geschehen war, verließ Frantz das Lochgefängnis und schlenderte zur Schützenstube.

Als er sah und hörte, wie Maria aufgeregt und ohne Scheu den Schöffen berichtete, erfüllte ihn Stolz. Er ergänzte noch, was er beim Löffelholz-Anwesen vorgefunden hatte, und erwähnte Pangratz' Geständnis.

Tucher strahlte. »Sehr schön. Kaum Arbeit für uns nach den Feiertagen.«

Und was für Feiertage das waren. Frantz wollte nach Hause, essen und an nichts Böses mehr denken. Kathi stand auf und kam zu ihm. »Würdet ihr beide auf dem Heimweg vielleicht den Schützen hier auf der Sebalder Seite Bescheid geben, dass die Jagd vorbei ist?«

Frantz wollte stöhnen und ablehnen, doch da fügte Kathi hinzu: »Max kann die auf der Lorenzer Seite übernehmen, während ich mein Töchterlein ins Bett bringe.«

Herrje, Ursel war auch noch da. Mit geschlossenen Augen saß sie an die Wand gelehnt. Da konnte er sich nicht verweigern. Doch schon hörte er Maria sagen: »Natürlich machen wir das, sollte nur ein kleiner Umweg sein.«

Kathi teilte den Zettel und reichte ihm die eine Hälfte. Sah wirklich nicht so schlimm aus, und er musste nicht noch ewig in der Kälte herumstehen. Es war gut so. »Gehen wir.«

Kapitel 8:
Endlich Feiertag

Nürnberg am Montag, den 27. Dezember 1591

Gut ausgeschlafen und mit einer warmen Suppe im Bauch half Frantz seiner Frau, die Mädel warm einzupacken. Wie schön, dass er gestern nicht hatte bis Mitternacht draußen wachen müssen. Doch nun würde das neue Jahr mit einer Hinrichtung beginnen. Er schob den Gedanken beiseite.

Marie mit ihren dreieinhalb Jahren war ganz aufgeregt. Draußen lag eine dünne Schicht frisch gefallenen Schnees, deshalb drängte es sie hinaus. Die Kleine konnte sich nicht erinnern, schon einmal in dem kalten weißen Pulver gespielt zu haben. Auf der Säumarktinsel war der Schnee noch kaum schmutzig, weil keine Fuhrwerke über die schmalen Stege rumpelten und über die Feiertage auch kaum Menschen herkamen. Rosina mit ihren fünf Jahren tat, als wäre dieses Winterwunderland für sie nichts Besonderes, doch die leuchtenden Augen verrieten ihre Begeisterung.

Plötzlich gellte ein Schrei aus dem Henkerturm.

Maria sah ihn voller Entsetzen an. »War das Apollonia? Was …?«

Frantz stürmte zur Tür hinaus und die Steinstufen hinauf. Seine Magd fuchtelte wild mit den Armen. Um sie herum schwirrte eine Fledermaus, derart schnell, dass er kaum die Gestalt des schwarzen Schattens erkennen konnte. Er sprang zum Fenster, zog die Läden auf, duckte sich und rief: »Ganz ruhig, das ist nur eine Fledermaus.« Das Tier zischte so knapp an ihm vorbei, dass er den Windhauch spüren konnte, dann war der Spuk beendet. Er lachte auf. »Ich hätte nicht gedacht, dass dich so ein kleines Tier dermaßen erschreckt.«

Apollonia sah ihn zerknirscht an. »Tut mir leid, aber in der kleinen Kammer ist sie immer wieder so dicht an mir vorbei, dass ich gefürchtet hab, sie verheddert sich in meinen Haaren.«

Am Boden lagen frische Fichtenzweige. Er blickte nach oben zum Dachstuhl, der erst vor ein paar Jahren erneuert worden war. Offenbar hatte die Magd die Zweige am Querbalken aufhängen wollen, als sie das Tierchen aufschreckte. »Ich frag mich, wie die überhaupt hier hereingekommen ist.«

»Hoffentlich kommt sie nicht zurück!« Schnell stieß Apollonia die Läden zu. »Ich hab was Ledriges an meiner Hand gespürt, dann war der Teufel los.«

Frantz lächelte. »Nicht der Teufel, nur ein verängstigtes Flugmäuschen, das du aus dem Winterschlaf geschreckt hast.«

»Dann geht das Vieh jetzt ein?«

Er zuckte die Schultern. »Vielleicht findet es einen anderen Unterschlupf. Komm, die Kinder sind schon fertig und können es kaum erwarten, draußen herumzutoben.«

Apollonia trug auch schon ihren Mantel und feste Schuhe. »Ach ja, das wird mir nach dem Schreck guttun.« Sie legte noch einen warmen Schal um Kopf und Hals, dann stiegen sie hinunter.

Die Kinder standen bereit, nur von Jorgen war nichts zu sehen. »Was ist denn mit meinem Sohn?«

Maria seufzte. »Der wollte nicht warten.«

Dann hatte er die Gelegenheit genutzt, hinauszuschlüpfen und sich davonzustehlen. Er trieb sich ja doch lieber mit älteren Buben herum. Apollonia hatte die Lage ebenfalls erfasst und rief fröhlich: »Wollt ihr im Schnee spielen?«

»Jaaah«, erschallte es wie aus einem Mund.

Endlich konnte er die Tür hinter ihnen schließen, nun lauschte er der ungewohnten Ruhe. Sein Weib schmiegte sich an ihn. »Stefla schläft noch«, flüsterte sie in sein Ohr. »Einer dieser kostbaren und seltenen Momente.«

Verwundert sah er sie an. »Mitten am Tag?«

Maria lachte auf und schob ihn von sich. »Das hab ich nicht gemeint. Solche Ruhe kommt nur derart selten vor, dass sie beinah gespenstisch wirkt.« Versonnen sah sie ihn an. »Aber da du es schon erwähnst ... Nur ein paar Jahre, dann bin ich fünfzig. Eine alte Frau. Wenn wir noch ein Kind wollen, sollten wir nicht allzu lange warten.« Sie kraulte ihm den Bart.

»Du wirkst kaum älter als an jenem Tag, an dem ich dich gefragt habe, ob du mich zum Mann nehmen willst.« Frantz küsste sie und führte sie an der Hand durch die aneinandergereihten Zimmer. Im letzten lag ihr Jüngster in einer gut ausgekleideten Kiste. Frantz Stefan war noch recht leicht zu bändigen. Die meiste Zeit schlief er sowieso. »Mir würden die vier ja reichen, aber ...« Er zog Maria in seine Arme. »Du bist immer noch sehr verführerisch.«

Da regte sich das Büblein, sah sie groß an und streckte unter der warmen Decke Arme und Beine hoch. Brabbelnde Laute drangen aus seinem Mund.

»Da ist jemand wach geworden«, sagte Maria. »Wenn ich ihn nicht raushole, geht gleich das Geschrei los.«

»Ein kleiner Tyrann ist dein Sohn.«

»Von wem er das wohl hat?« Sie sah ihn verschmitzt an.

»Pah, als ob ich dieser Tage in meinem Haus viel zu sagen hätte.«

Maria lachte und hob Stefan auf die Arme. »Das Stroh ist noch sauber. Sehr gut.« Während sie ihn geschickt in ein Tuch wickelte, sagte sie: »Wenn du Hunger hast, bist du kaum umgänglicher als dein Sohn.«

»Ist eigentlich noch was vom Weihnachtsbraten übrig?«

»Natürlich. Nimm dir was, wenn du nicht warten willst, bis die Kinder zurück sind. Stefla kann jedenfalls nicht so lang warten.« Sie setzte sich mit dem Kindlein aufs Bett und entblößte ihre Brust. Immer wieder ein berührender Anblick.

Frantz ließ sich neben ihr nieder und legte den Kopf an ihre Schulter. »Du hast einen dreisten Dieb beinah allein gefangen. Die Stadträte werden staunen, wenn sie davon erfahren.«

»Na, mir allein wär er entkommen.«

»Aber gefunden hast du ihn vor mir.«

»Vielleicht sollte ich die Sattlerin besuchen und mich für ihre Hilfe bedanken.«

Er lachte. »Wahrscheinlich schickt sie dich dann ins närrische Prisaun.«

»Das glaub ich auch. Hat der Baumgartner erzählt, wann er beim Löffelholz eingestiegen ist?«

»Erst gestern. Das war zu verlockend für ihn.« Frantz atmete tief durch. »Er hat mich auch gebeten, der Sattlerin nicht zu sagen, dass er dich bedroht hat. Sie soll nicht noch schlechter von ihm denken, als sie es sowieso tun wird.«

»Hm, hat er Schonung verdient?«

»Er vielleicht nicht, aber wozu der Sattlerin mehr Kummer bereiten als nötig?«

»Stimmt, auch wenn sie nicht gerade ein nettes Weib ist. Und er hat tatsächlich mit diesem merkwürdigen Werkzeug die Schlösser öffnen können?«

»Sieht ganz so aus. Das würde ich mir gern vorführen lassen, aber wahrscheinlich ist es besser, wenn gar niemand davon erfährt, sonst können sich die Zirkelschmiede bald vor Aufträgen nicht mehr retten.«

Maria lächelte. »Das könnte natürlich sein.«

Frantz streckte sich auf dem Bett aus. »Ich könnt sofort wieder einschlafen, dabei durfte ich gestern doch überraschend früh in die Federn.«

»Mach doch. Am dritten Weihnachtsfeiertag darf auch der Henker faul sein.« Sie strich mit zwei Fingern über Stefans Gesicht. »Vielleicht schauen wir zu, wenn du den Pangratz richtest. Das wird wahrscheinlich erst nach dem Dreikönigstag sein, oder?«

»Ja, wenn wieder alle Schöffen und genug Ordnungshüter in der Stadt sind. Du willst ihn sterben sehen, weil er dir das Messer an den Hals gehalten hat?« Maria kam nur selten zu Hinrichtungen, deshalb wunderte er sich.

Sie nickte. »Heut Nacht hab ich geträumt, dass er sich zu uns ins Haus geschlichen und den kleinen Stefan gestohlen hat. Lächerlich, was sollte er mit dem Kindlein wollen? Trotzdem bin ich ganz erschrocken aufgewacht und hab Stefla aus seiner Kiste geholt.«

Frantz küsste ihren Hals. »Dann bist du doch nicht so unerschütterlich, wie du in der Werkstatt gewirkt hast. Das beruhigt mich.«

»Würdest du dich sonst vor mir fürchten?«, fragte sein Weib mit einer engelsgleichen Unschuldsmiene.

Lachend setzte er sich auf. »Und wie.«

* * *

Nürnberg am Montag, den 3. Januar 1592

Max begab sich am frühen Morgen zur Kriegsstube, um herauszufinden, wie viele der Herren schon zurück waren und ob es besondere Anweisungen gab. Zu seiner Überraschung traf er dort auf Andreas Imhoff, Nützel und Hans Wilhelm Löffelholz. »Ein frohes neues Jahr wünsch ich den Herren.«

»Dir auch«, murmelten die Schöffen.

Imhoff zog die Stirn in Falten. »Leinfelder, was hör ich da? Kaum verlasse ich die Stadt, was selten genug vorkommt, schon geht alles drunter und drüber.«

Welch Undankbarkeit! Max musste sich beherrschen, den Ratsherrn nicht offenen Mundes anzustarren. Doch da schlug dieser ihm auf den Rücken. »Nur ein Spaß. Gut gemacht. Und dir wünsche ich ebenfalls ein gesegnetes neues Jahr. Es geht auch schon gut los. Die Beute ist vollständig sichergestellt, nur etwas Geld fehlt, hat der Gauner wohl verprasst.«

Jetzt gratulierten ihm auch die Opfer des Diebs. Löffelholz sagte: »Und wir haben gar nichts von der Aufregung mitgekriegt, bis alles ausgestanden war. Da kann ich mich wirklich nicht beschweren.«

Ja, der Glückliche konnte seelenruhig Weihnachten feiern. »Das größte Verdienst gebührt den Schmidts. Ohne die beiden und die geschwätzige Tante wäre er uns wahrscheinlich entwischt. Eure Nachbarin hat sich sehr unerschrocken um Euer Anwesen gekümmert.«

Löffelholz kratzte sich den Backenbart. »Der Frau entgeht kaum etwas. Sie kann ja schon lästig sein, doch hat sie auch ihr Gutes. Wir werden uns bei ihr erkenntlich zeigen.«

Und wer zeigt sich bei uns erkenntlich?, dachte Max, doch er hatte schließlich nur seine Arbeit verrichtet.

Imhoff sprach: »Soweit ich verstanden habe, war sogar das Leben der Henkerin in Gefahr.«

»Ganz recht.«

»Bring die beiden her.«

»Jetzt gleich?«

»Hast du Wichtigeres zu tun?«

Max hätte beinah gelacht. »Nein, ich hab nur gedacht, die Herren hätten womöglich Wichtigeres zu besprechen.«

»Ja, mit dir. Noch sind nicht alle Schöffen wieder in der Stadt. Die Hinrichtung werden wir wohl auf den 13. Januar festsetzen. Der Schelm hat allerdings nur sehr gute Kleidung bei sich. Für die Hinrichtung will er eine saflorfarbene Atlashose tragen und eine Jacke, auf die manch einer neidisch werden könnte. Deshalb musst du dafür sorgen, dass uns der Leichnam nicht in den folgenden Nächten ausgezogen wird, so wie es beim Lenger geschehen ist.«

Max wollte stöhnen, doch das verkniff er sich lieber. Weitere Nachtschichten wegen diesem Schuft?

»Natürlich kannst du Schützen dafür abstellen, aber ein Stadtknecht soll auch dabei sein.«

»Ist recht, ich kümmere mich drum. Ähm, wie viele Nächte sollen wir das denn machen?«

»Wir hoffen, dass ihr die Schufte gleich in der ersten Nacht erwischt.«

»Das wär schön. Ich such uns sichere Verstecke, damit sich das Gelichter herantraut.«

»Ein Schütze soll auf jeden Fall von der Stadtmauer aus den Galgen beobachten. Vielleicht bringen die Kleiderdiebe ja Fackeln mit.«

Das wäre allerdings ziemlich leichtsinnig. »Gut, wir finden schon ein Plätzchen. Dann hol ich jetzt den Nachrichter und seine Ehewirtin?«

»Ja, und deine bringst du auch gleich mit. Mir ist zu Ohren gekommen, dass sie unseren Gerichtsschreiber vertreten hat.«

Voller Stolz lächelte Max. »Hat sie gern gemacht. Darf ich meine Tochter auch mitbringen? Die findet das nämlich alles etwas befremdlich, was meine

Frau für den Stadtrat leistet.«

»Sehr gern.«

»Bin gleich wieder da.«

* * *

Maria hörte Schritte draußen auf der Treppe. Bestimmt die Kinder mit Apollonia. Sie öffnete und sah zu ihrer Überraschung Max, Kathi und Ursel. »Grüß euch, hofft ihr auf Reste vom Weihnachtsbraten?«, fragte sie mit einem breiten Grinsen.

Kathi hatte einen Gemüseauflauf dabei, den sie jetzt Ursel reichte. »Selbstverständlich, doch das muss warten.«

Max setzte eine ernste Miene auf und schlug einen strengen Ton an. »Maria Schmidtin, du sollst ins Rathaus kommen. Der Nachrichter ebenfalls.«

»Der Nachrichter soll mich wohl am Ende gar peinlich befragen?«

Max entfuhr nun doch ein Lachen. »So weit kommt es vermutlich nicht.«

Ursel schlüpfte an ihr vorbei und brachte die Reine in die Küche. »Meister Frantz, Arbeit«, rief sie. »Wir werden im Rathaus erwartet!«

»Na, so was.« Lachend kam Frantz durch die Tür. »Was ist denn los? Jetzt scheucht mich Eure Tochter schon herum.«

Da beschlich Maria eine Befürchtung. »Der Baumgartner hat doch hoffentlich nicht sein Geständnis widerrufen?« Dann müsste Frantz ihn torquieren.

Max schüttelte sogleich den Kopf. »Hat er nicht, aber der werte Andreas Imhoff möchte euch beide sprechen. Zwar hat sich der Ratsherr nichts anmerken lassen, doch ich nehme an, er will euch persönlich danken, insbesondere dir, Maria. Vielleicht kriegt dein Mann auch eine Rüge, weil er dich hat mitkommen lassen.«

Sie seufzte. »Auf Wunsch des Richters, sonst hätte ich brav draußen gewartet.«

Kathi meinte: »Eine Rüge sollte dann lieber der Scheurl bekommen. Ich soll auch erscheinen, weil ich alles aufgeschrieben hab, und Ursel dürfen wir ebenfalls mitbringen.«

»Na dann.«

Sie schlüpften in ihre Mäntel und festen Schuhe, während Maria schnell Bernadette Bescheid gab. Unterwegs hakte sie sich bei Frantz unter. »Verstehst du das?«

Er zuckte die Schultern. »Vielleicht hat der werte Imhoff noch Fragen.«

Ein verschmitzt dreinschauender Ratsdiener brachte sie zu einer Kammer, in der neben Andreas Imhoff, Christoph Tucher, Hans Nützel und Hans Wilhelm Löffelholz auch noch Richter Scheurl wartete. Auf dem Tisch standen Wein, Bier und Becher, daneben Teller mit Backwerk. Es roch verführerisch. Auch ein Hauch von Apfelmost lag in der Luft. Maria kam sich vor wie in einer anderen Welt.

»Da sind ja unsere Aushilfshäscher«, begrüßte Imhoff sie. »Vor allem dir, Schmidtin, möchten wir unseren Dank aussprechen.« Er schüttelte Maria zuerst die Hand. Hitze stieg ihr ins Gesicht.

Richter Scheurl sagte: »Eine feine Truppe hat die Reichsstadt Nürnberg da.« Er wies auf Nützel und Löffelholz. »Und wir drei sind euch zu besonderem Dank verpflichtet.« Dann reichte er jedem von ihnen einen Lederbeutel. Ursel streckte auch gleich die Hand aus und sah den Herrn unschuldig an. »Ich hab auch geholfen.«

»So? Was hast du denn getan?«

Ursel holte tief Luft, schien zu überlegen. Schließlich sagte sie: »Die Endters hab ich gewarnt, Maria zur Sattlerin begleitet, damit die nicht so garstig ist, meiner Mutter mit Mühlespielen die Zeit vertrieben.« Langsam nickte sie. »Mehr nicht.«

Die Herren lachten, da ließ sie den Arm sinken, doch Tucher kramte in einer Tasche. »Das kann ich bestätigen.« Er drückte dem Mädel eine Münze in die Hand.

Ursel strahlte. »Danke, Herr.«

»Wir danken dir.«

Maria befühlte den Lederbeutel und spürte darin zwei große Münzen.

War es ungehörig, hineinzulugen?

Kathi tat es, lächelte und dankte. Da konnte Maria auch nicht mehr an sich halten. Zwei halbe Gulden! Sie lächelte. »Vielen Dank.«

»Und nun bitten wir zu Tisch.« Imhoff wies auf die Leckereien.

»Lebkuchen!«, quiekte Ursel.

Kapitel 9:
Ein reuloser Sünder?

Nürnberg am Mittwoch, den 12. Januar 1592

Bevor Frantz den Pangratz Baumgartner morgen hinrichten musste, wollte er noch einmal mit ihm reden, einen Eindruck gewinnen, ob der arme Sünder ihm Schwierigkeiten bereiten würde. Gerade im Winter konnten die Sprossen der Leiter zum Galgen hinauf vereist und rutschig sein, da sollte der Delinquent lieber keine Zicken machen.

Ein neuer Lochknecht führte ihn zur Keuche des Gefangenen. »Der frisst wie ein Scheunendrescher, die Lochwirtin kommt kaum nach. Nur gut, dass wir so wenig Gäste haben.«

Frantz lächelte. »Du hast dir die Wirtshaussprache fürs Loch schon angewöhnt.«

»Ja, hört sich doch gleich viel netter an.« Er öffnete die Tür und steckte die Fackel innerhalb der Keuche in eine Wandhalterung. »Besuch für dich, Pangratz.«

»Hätt ich mich kämmen müssen?«, schallte es heraus. Ächzen von Holz zeugte davon, dass sich der Mann aufsetzte.

»Schwierige Frage. Aber der Meister Frantz geht nicht so auf Äußerlichkeiten, schätz ich.«

Nun musste Frantz sogar grinsen. Der Neue passte gut hier rein. »Wie heißt du?«

»Zacharias.«

»Ich hoffe, du bleibst dem Schaller einige Zeit erhalten.«

»Glaub schon. Ihr seid auch gleich nicht mehr gar so zum Fürchten, wenn man Euch kennenlernt.«

»Danke.« Frantz ging an ihm vorbei in die Zelle und setzte sich dem

Baumgartner gegenüber auf die Bank an der langen Wand. »Wie geht's dir, Pangratz?« Eine seltsame Frage unter den Umständen, doch er wollte wissen, ob die gute Laune vorhielt.

»Ha, ist mir schon besser gegangen. Morgen ist es wirklich so weit?«

»Ja, deine Tante und dein früherer Meister haben zwar um dein Leben gebeten, aber ohne Erfolg. Du hättest dir vielleicht nicht gerade den Richter und zwei Schöffen aussuchen sollen, um sie zu bestehlen.«

»Da könntet Ihr recht haben, aber die Häuser waren hervorragend gelegen, verlassen und mit leicht zu öffnenden Schlössern versehen. Im Besitz wohlhabender Leute …« Er seufzte.

»Und morgen musst du mit deinem Leben dafür büßen. War's das wert?«

Langsam schüttelte der Mann den Kopf. »Im Nachhinein nicht, aber wenn ich rechtzeitig mit der Beute auf und davon wär, hätt ich mir fünf Jahre oder länger ein schönes Leben machen können.« Er blickte zur Tür. »Verratet das bitte nicht dem Priester, sonst fängt er mit seinem Sermon gleich noch mal von vorn an.«

Die Ehrlichkeit des Diebs war erfrischend und gab Frantz Zuversicht. »Morgen wirst du auch brav den reuigen Sünder geben?«

»Freilich, was bleibt mir sonst übrig? Ich hoff, der Allmächtige wird nicht so hart mit mir ins Gericht gehen.«

»Das wünsch ich dir.«

Pangratz schniefte. »Obwohl ich Eure Frau bedroht hab?«

Frantz nickte nur, denn seiner Stimme traute er in diesem Moment nicht.

»Ich hätt ihr wirklich nichts getan. Mich graust es bei der Vorstellung, einem Menschen den Hals aufzuschneiden, aber in meiner Angst hab ich mir nicht anders zu helfen gewusst.«

Der Mann wünschte offenbar immer noch, dass Frantz ihm verzieh, obwohl er Pangratz morgen Schlimmeres antun würde. »Ich glaub dir, und ich vergebe dir.«

Aus tränenfeuchten Augen sah der Mann ihn an. »Danke.«

* * *

Nürnberg am Donnerstag, den 13. Januar 1592

Maria war schon länger nicht mehr bei einer Hinrichtung gewesen, doch heute musste es sein. Frantz war schon fort, wollte sich vorbereiten ... Was auch immer das genau bedeutete. Erstaunlicherweise war es schon ein halbes Jahr her, seit er eine Todesstrafe hatte ausführen müssen. Eine gute Zeit, solang sie gedauert hatte. Nun trug er seine Last mit der ihm eigenen schwermütigen Ruhe. In den ersten Jahren hatte es ihn wesentlich mehr mitgenommen, besonders als er seinen Schwager rädern musste. Maria schauderte beim Gedanken daran.

Sie zog sich warm an und fragte Jorgen, ob er mitkommen wollte. Der Bub überlegte, dann schüttelte er den Kopf. »Der hat dir ein Messer an den Hals gehalten, aber weil er dir nichts getan hat, ist es mir heut zu kalt, um ihm beim Sterben zuzuschauen.«

Maria lächelte und ging los, um Kathi abzuholen. Die war schon fertig angezogen und schlüpfte sogleich aus der Tür. »Max schläft noch. Er soll ja über Nacht den Leichnam bewachen, oder vielmehr die Kleider.«

»Und Ursel?«

»Ist bei einer Freundin.«

»Jetzt merkt man doch deutlich, dass sich Buben und Mädel nicht mehr so gern miteinander abgeben.«

Kathi seufzte. »Aber dann in zehn Jahren oder früher ...«

»Ja, da steht uns noch was bevor.« Maria stellte sich vor, wie Rosina zum ersten Mal zu einem Tanz ging und Frantz sie keinen Augenblick aus den Augen ließ.

»Eigentlich wollte ich sie mitnehmen, eben weil wir geholfen haben, ihn zu fangen, aber davor ist sie zurückgeschreckt. Dabei wär das nicht ihre erste Hinrichtung.«

Maria atmete tief durch. »Ich fürchte, sie kämpft mit den vielen Widersprüchen. Die zehn Gebote kennt sie ja schon, auch die eine oder andere Geschichte aus der Bibel. Sie merkt, dass wir das eine predigen und doch das

Gegenteil tun. Was Frantz heute machen wird, ist wohl das Schlimmste: einem Menschen das Leben zu nehmen.«

Kathi nickte. »Ich hoffe, Ursel wird trotzdem noch zu euch kommen wollen.«

»Das denk ich schon, nur wird sie wohl die eine oder andere unbequeme Frage stellen. Zu Recht.«

Vor dem Rathaus hatte sich trotz der kalten Jahreszeit eine ziemliche Menschenmenge eingefunden.

Kathi raunte: »Kommt's mir nur so vor, oder sind die Leute recht ausgelassener Stimmung?«

Maria schaute sich um. »Stimmt.« Viele der Zuschauer lächelten oder grinsten gar.

Ein Mann sagte: »Wenigstens ist er bei den Geldigen eingestiegen.«

Ein anderer antwortete: »Aber ausgerechnet beim Richter Scheurl, wie blöd kann man denn sein? Der lässt sich so was natürlich nicht gefallen.«

Eine Frauenstimme hinter Maria sagte: »Beim Henker ist er auch rein, deshalb hat ihn der gejagt und gefangen.«

Maria lachte auf und drehte sich um. »Nein, bei uns lohnt sich das Einsteigen nicht. Wobei der Vorrat an getrockneten Kräutern im Winter schon manch einem lieb und teuer wär.«

»Schau an, die Henkerin ist auch da. Du kommst ja nicht oft zu Hinrichtungen. Als tätst dich für deinen Mann schämen.« Geradezu vorwurfsvoll schaute das Weib drein.

Eigentlich wollte Maria lautstark protestieren, doch es lag auch ein Fünkchen Wahrheit in den Worten. »Weißt, ich kenn ihn sonst ganz anders, da ist es schon schwierig, ihm dabei zuzuschauen, wie er einen Menschen vom Leben zum Tod bringt. Aber ich bin stolz auf ihn.«

Das breite Lächeln der Frau entblößte mehrere Zahnlücken. »Recht hast, so einen guten Nachrichter wie den Meister Frantz findet man nicht leicht.« Sie trat noch ein Stück näher. »Hast mitkriegt, die Sattlerin ist die Muhme von dem Schuft?«

»Ja, das weiß ich.« Maria beugte sich nah zum Ohr des Weibs. »Die hat uns trotzdem geholfen, ihn zu erwischen.«

»Du warst auch dabei?«

»Ja, ich hab ihn gesehen, wie er von der Tante weg ist, mit der Beute vom Löffelholz in der Tasche, und bin ihm nach.«

»Du bist ja auch eine ganz Fleißige, und im Kopf hast auch was. Aber horch, die Rathausglocke läutet. Dann geht's bald los, außer er legt die Urgicht doch nicht ab. Dann kriegt dein Mann mehr Arbeit.«

Lächelnd drehte sich Maria wieder zum Rathaus. Hoffentlich nicht.

* * *

Beim Klang der Glocke betrat Frantz mit seinem Knecht die Henkerstube. Pangratz schaufelte immer noch Essen in sich hinein, während der Priester ihm aus der Bibel vorlas. Beide wirkten erleichtert.

Frantz sprach: »Pangratz Baumgartner, ich bitte dich um Vergebung, weil ich dich vom Leben zum Tod bringen werde.«

Der arme Sünder stand auf. »Hoffentlich doch mit dem Schwert. Ich bin ja nicht irgendein Wegelagerer.«

Nachdem er zwei der zwölf Schöffen und den Richter bestohlen hatte, hoffte er tatsächlich auf den weniger qualvollen und ehrenhafteren Tod durch das Schwert? Frantz brachte es nicht über sich, dem Mann diese letzte Hoffnung zu nehmen. Der Stadtknecht Michel Hasenbart band ihm die Hände hinter dem Rücken zusammen, so wie es sich für eine Hinrichtung mit dem Strang gehörte. Dann legte Klaus ihm das blaue Mäntelchen um die Schultern.

Hasenbart und ein weiterer Stadtknecht geleiteten Pangratz Baumgartner, den Priester und ihn zum großen Rathaussaal. Frantz war gespannt, wie der Kerl das Urteil aufnehmen würde.

Zunächst bestaunte Baumgartner allerdings die prächtigen Wandmalereien von Albrecht Dürer, bevor sein Blick zum Richter wanderte, den beiderseits sechs Schöffen flankierten. Manch ein armer Sünder hatte in seiner Angst kein Auge für den schönen Saal oder das kunstfertig geschmiedete

Messinggitter, hinter dem die Herren saßen. Pangratz hingegen lächelte huldvoll, als gehörte er genau hierher, in diesen Saal, in dem schon Kaiser und Fürsten empfangen wurden.

Der Gerichtsschreiber verlas die Vergehen, und Baumgartner bestätigte mit einem gewissen Stolz in der Stimme, diese begangen zu haben.

Scheurls Augen hatten sich bei der Nennung seines Namens verengt. Nun wirkte er, als müsse er sich zu würdevoller Ruhe zwingen. Er ließ die Schöffen einen nach dem anderen schwören, dass das Urteil nach dem Recht des Heiligen Römischen Reichs deutscher Nation abgefasst sei, dann verkündete er: »Tod durch den Strang.«

Pangratz schnappte nach Luft. Frantz, der neben ihm stand, drehte den Kopf leicht, um in dessen Gesicht zu lesen, mögliche Bewegungen vorauszuahnen. Der Blick des armen Sünders wanderte zum Richtschwert, das Frantz wie bei jeder Hinrichtung als Zeichen seines Amts am Gürtel trug.

Der Richter fragte: »Pangratz Baumgartner, möchtest du noch etwas sagen?«

Langsam nickte der arme Sünder. »Ich danke dem Gericht für dieses ungnädige Urteil – nicht! Doch es ist mir ein Trost, in den weichen Betten der Herren Scheurl, Nützel und Löffelholz gelegen zu haben.«

Scheurls Gesicht lief rot an. Lauter als sonst sagte er: »Nachrichter, führt Pangratz Baumgartner hinaus zum Hochgericht und waltet Eures Amts.«

Frantz packte den unverschämten Kerl und zog ihn fort, dicht gefolgt von den beiden Stadtknechten. Im Gang warteten der Priester und Klaus auf sie. An ihren Gesichtern erkannte der Geistliche offenbar schon, dass es jetzt nicht gut wäre, sogleich den armen Sünder mit Psalmen und Gebeten trösten zu wollen.

An die Stadtknechte gewandt, sagte Frantz: »Ich geh neben ihm zur Richtstätte. Wer weiß, was dem noch alles einfällt.«

Die beiden nickten. Sie verließen das Rathaus durch die Seitenpforte. Karren brauchten sie für so einen jungen Kerl keinen; durch Folter geschwächt war er auch nicht. Sie warteten am gewöhnlichen Platz an der Rathausecke.

Die Leute jubelten. Was war denn hier los? Er schaute in überwiegend heitere Gesichter.

Einer rief: »Gut gemacht!«

Ein anderer: »Hast dir die Richtigen ausgesucht!«

Vier Schützen umstellten sie, Schwerter gezogen, aber keine Büchsen im Anschlag.

»Das auch noch«, zischte Frantz. »Womöglich bilden sich die Leut ein, du hättest mit dem Geld ein Armenhaus errichten wollen.«

Baumgartner grinste. »Hätt ich vielleicht auch gemacht.«

»Ja, sicher. Hast du dich wirklich in die Betten der Herrschaften gelegt, wie du gerade behauptet hast?«

»Ja, und einen Wind fahren lassen.«

»Schweinigel«, ertönte die Stimme des Priesters. »Zeig wenigstens etwas Reue. Du stehst gleich vor deinem himmlischen Richter, und dem kannst du nichts vormachen!«

»Eben, deshalb lohnt es sich gar nicht, hier auf Erden Reue zu heucheln.«

Nun sorgte sich Frantz doch, der Schelm könnte noch manchen Unfug anstellen.

»Du sollst nichts heucheln, sondern ehrlich bereuen!«, blaffte der Priester.

Pangratz lächelte schwach. »Der Allmächtige schaut in mein Herz und weiß, dass ich kein allzu schlechter Mensch bin.«

Der Mann Gottes seufzte, statt erste Gebete mit dem armen Sünder zu sprechen. Endlich schritten die Stadtoberen in ihren schwarzen Roben würdevoll die Freitreppe herunter und nahmen vor ihrem Grüppchen Aufstellung. Langsam setzten sie sich in Bewegung.

Frantz stieß Pangratz mit dem Ellenbogen an. »Gehen wir.«

Weitere Schützen sicherten die Honoratioren, und Stadtknechte zu Pferd überwachten die gesamte Prozession hinaus zum Galgen.

»Meine Tante hat mich gar nicht im Loch besucht«, sagte Pangratz plötzlich.

»Hm, meiner Frau hat sie voller Stolz von dir erzählt, und sie hat beim Rat Fürsprache für dich gehalten.«

»Das hat mich schon ziemlich überrascht. Trotzdem bin ich für sie wohl ein gefallener Engel.«

Der Priester knurrte: »Engel? Übertreib nicht. Beten wir lieber.«

Frantz sprach die Gebete mit. Als Henker hatte er sie womöglich am nötigsten.

* * *

Am Hochgericht wollte Maria lieber nicht zu nah am Galgen stehen. Es war ja doch grausam anzuschauen, wie ein Mensch langsam erstickte. Sie deutete zu einem kleinen Hügel. »Stellen wir uns da hin?«

Kathi nickte. »Ja, da sollten wir mehr als genug sehen.«

»Die Leute wirken gar nicht mehr so ausgelassen, jetzt wo es ernst wird.« Da bemerkte Maria unter den herbeiströmenden Schaulustigen ein Weib mit Schal um den Kopf und das halbe Gesicht gewickelt, obwohl es gar nicht so kalt war. Die Frau mied es, andere anzuschauen, hielt den Kopf gesenkt und hatte die Hände gefaltet. Konnte das die Sattlerin sein? »Schau mal, Kathi, ich glaub, das ist die Tante.«

»Kann nicht einfach für sie sein.«

»Ich red mit ihr. Vielleicht will sie ihrem Neffen noch was sagen und traut sich nicht.«

»Aber sie war doch recht garstig zu dir?«

»Trotzdem dauert sie mich.«

Nun kam Leben in die Frau. Sie schlängelte sich gewandt zwischen den Schaulustigen hindurch und weit nach vorn. Maria hatte alle Mühe, sich zu ihr durchzukämpfen, dann legte sie ihr eine Hand auf den Arm. »Sattlerin?«

Die andere zuckte zusammen. »Du! Was willst du von mir? Lass mich in Ruh und sag nicht meinen Namen. Die Leut verachten mich.«

»Du hast doch nichts Schlechtes getan. Im Gegenteil, du hast dich um das Eigentum deiner Nachbarn gesorgt. Mir tut es leid für dich, dass heute dein Neffe gerichtet wird.«

Die Sattlerin starrte sie ungläubig an. »Aber er ist doch ein Nichtsnutz.«

Ein geschickter Nichtsnutz, dachte Maria, dann stand sie wieder in der Werkstatt, spürte Baumgartners festen Griff, die Klinge an ihrem Hals. Sie schauderte, sagte aber: »Du hast uns geholfen, ihn zu finden. Du musst dich wirklich nicht schämen. Willst du noch ein paar Worte zu ihm sagen?«

Heftig schüttelte sie den Kopf. »Was könnt ich denn sagen?«

»Vielleicht, dass du für seine Seele beten wirst?«

Die Frau schluckte. Tränen glitzerten in ihren Augen. »Meinst du, das kann ich machen?«

»Natürlich, komm.« Maria nahm sie an der Hand und führte sie zu Pangratz, der gerade das letzte Abendmahl empfing. Sehr andächtig wirkte er dabei nicht. Hoffentlich sagte er nichts Böses zu seiner Tante, nur weil sie ihnen unwissentlich geholfen hatte, ihn zu verhaften.

Als er sie beide kommen sah, erstarrten seine Gesichtszüge. Er zog die Schultern höher. Maria ließ die Hand der Sattlerin los und blieb ein paar Schritte zurück.

»Tante Herta, du bist doch gekommen«, krächzte Pangratz, dann umarmte sie ihn auch schon. Schade, dass seine Hände hinter dem Rücken gefesselt waren, sodass er sie nicht an sich drücken konnte. Als ihn die Sattlerin losließ, liefen ihm Tränen über die Wangen. »Es tut mir so leid, dass ich dir solchen Schimpf bereite.«

»Schon gut, mein Bub. Ich werd für dich beten.«

Gerührt sah sich Maria nach ihrem Mann um und erschrak ein wenig, als sie ihn nur einen Schritt von ihr entfernt stehen sah.

»Ein schöner Anblick.« Der Anflug eines Lächelns huschte über sein Gesicht. »Er war recht enttäuscht, dass seine Tante ihn nicht im Loch besucht hat und dafür umso frecher.«

»Viel Überredung hat's nicht gebraucht. Ich musste ihr nur ein wenig Mut zusprechen.«

Frantz nickte. »Gerade rechtzeitig.« Er ging zu Pangratz, der seine Tante noch einmal anlächelte, bevor er neben Frantz zum Galgen schritt. An der

Leiter nahm Klaus ihm den blauen Mantel ab. Tatsächlich trug der Bursche feinstes Tuch, die Jacke war mit funkelndem Metall oder gar mit Steinen besetzt, wohl Beute, die er andernorts gestohlen hatte. Auch die hohen Stiefel waren aus gutem Leder. Jetzt verstand Maria, warum Stadtknechte aufpassen sollten, dass ihm nicht die Kleider ausgezogen wurden.

Frantz half ihm die Doppelleiter hinauf zur Schlinge am Querbalken. Maria sah sich um, wollte weiter zurück, doch da stellte sich die Sattlerin neben sie und drückte ihre Hand, ließ sie nicht mehr los. »Dank dir, Schmidtin.«

»Ach, ich hab doch nichts gemacht.« Außer deinem Neffen seine Vergehen nachzuweisen und so seinen Tod herbeizuführen, dachte sie reumütig. Maria hob den Blick, zwang sich zuzuschauen. Frantz legte ihm gerade die Schlinge um den Hals, sprach ein paar Worte, bat ihn sicherlich noch mal um Verzeihung. Pangratz nickte, blinzelte, als müsste er Tränen zurückdrängen, dann stieß Frantz ihn von der Leiter. Die Beine traten aus, der Körper zuckte, schwankte hin und her, drehte sich. Ihr Mann sah zu, die Züge hart, aber auch irgendwie zufrieden. Pangratz' Leib durchlief ein Zucken.

Die Hand in ihrer drückte fester zu. Ein Schluchzen. »Er will nicht aufgeben. So war der Bub schon immer.«

Maria senkte nun doch den Blick. Die Zeit schien viel langsamer zu vergehen. Dann endlich ein Aufatmen um sie herum. Sie schaute hinauf. Still hing er, drehte sich nur leicht. Sie wollte fort, entzog der Sattlerin ihre Hand und sagte: »Ich muss heim zu meinen Kindern.«

»Natürlich, meine Liebe.«

Verwundert sah Maria sie an. Vor gut zwei Wochen hatte die Frau sie und ihren Mann Gschwerl genannt, heute hatte Frantz ihren Neffen getötet, und nur weil sie ihr etwas Freundlichkeit zeigte … Maria lächelte, fand Kathi und ging mit ihr nach Hause.

Epilog

Stöhnend erhob Max sich vom Esstisch. »Hätte ich mich nur nicht bereit erklärt, nach den Galgendieben Ausschau zu halten.«

»Aber neugierig bist du doch?«, sagte Kathi.

Seiner Frau konnte er wirklich nichts vormachen. Grinsend nickte er. »Schon.«

Ursel sah ihn aus großen runden Augen an. »Ihr habt Angst, dass der Galgen gestohlen wird?«

Max lachte. »Nein, dass dem Pangratz Baumgartner die Kleider gestohlen werden.«

»Aha.« Sie blinzelte. »Obwohl er tot ist?«

»Richtig. Einen Toten zu bestehlen ist auch nicht recht. Und wenn er nackt am Galgen baumelt, ist das auch kein Anblick für anständige Leut.«

»Hm.« Ganz überzeugt war sie offenbar noch nicht.

»Ich begleite dich ein Stück«, sagte Kathi und stand ebenfalls auf.

»Du auch?«, fragte Max seine Tochter, doch die schüttelte den Kopf und begann, den Tisch abzuräumen.

Sie zogen sich warm an, traten hinaus auf die Wehrmauer und stiegen die Steintreppe hinunter in die Stadt.

»Ist was mit Ursel?«, fragte Max.

»Nur, dass sie die Welt nicht recht versteht.«

»Wer tut das schon?«

Am Frauentor erklärte Max dem Wächter: »He, Kerner, du weißt, dass ich dich heut Nacht womöglich aufwecken muss?«

»Was, wieso? Mir hat niemand was gesagt.«

»Falls jemand dem Leichnam das Gewand ausziehen will, verhafte ich ihn. Aber dafür muss uns auch jemand in die Stadt lassen.«

»Ja, freilich. Musst mich nur wach kriegen. Und wenn keiner kommt, schlägst du dir die ganze Nacht draußen um die Ohren?«

»Schaut so aus.« Max hob die Flöte an den Mund und machte Lärm.

Anders konnte man das nicht nennen, wobei ihm der Kriegsherr Haller gesagt hatte, dass man damit eine Melodie spielen konnte.

Kathi lachte. »Du kannst das beinah noch besser als ich.«

Kerner presste die Hände auf die Ohren. »Herr im Himmel, bei dem Krach werd ich bestimmt wach, wenn ich schon schlaf.«

»Gut so. Oben auf der Mauer halten Schützen Ausschau, und der Gailer am Spittlertor weiß auch Bescheid.«

»Dann hoff ich für dich, dass du die Schufte bald erwischt. Falls die bei der Kälte überhaupt kommen. Du bleibst aber nicht draußen, Kathi, oder?«

»Bestimmt nicht. Ich will nur sehen, wo er sich versteckt, dann mach ich mir weniger Sorgen.«

»Denk dran, es dauert keine Stunde mehr, dann ist Garaus.«

Sie wünschten dem Wächter Gute Nacht und schritten hinaus. Um diese Zeit wirkte alles recht verlassen. Am Plärrer warteten vielleicht noch Huren auf Wirtshausbesucher, doch der oder die Diebe konnten sich allmählich unbeobachtet fühlen und bald auftauchen. Schön wär's.

Das richtige Plätzchen für seine Nachtwache hatte Max sich vor ein paar Stunden ausgesucht. Nah beim Galgen verlief eine Mauer, die die Felder des Unteren Galgenhofs abgrenzte. Das war wohl nötig, damit die Zuschauer bei Hinrichtungen nicht alles zertrampelten. Max konnte gerade so drüberschauen, wenn er sich dahinter verbarg.

Auf dem Weg begegneten sie niemandem, doch die Raben und Krähen hörte Max schon, bevor das Galgengeviert in Sicht kam. Bald sah er sie im fahlen Mondlicht um den Leichnam flattern. »Frischem Fleisch im Winter können die Vögel offenbar auch bei anbrechender Nacht nicht widerstehen.«

Kathi stupste ihn mit dem Ellbogen an. »Da kenn ich noch jemanden.«

Er lachte, aber es stimmte schon.

Sie erreichten die Mauer, und Max ließ den Blick schweifen. Alles ruhig. Er stemmte sich hoch und schwang sich hinüber. Die Arme auf die Steine gelegt schaute er sein Weib an. »Zufrieden mit meinem Versteck?«

Kathi lief vor zum Weg und sah sich um. Der Himmel war klar, sodass der Dreiviertelmond und die Sterne gerade genug Licht spendeten. Sie schlenderte zurück zu ihm. »Wunderbar, ich hätte dich nicht entdeckt.«

»Dann solltest du jetzt nach Hause gehen, und unserem Töchterlein die Welt erklären.« Selbst die Rabenvögel flatterten jetzt davon.

Kathi strich ihm übers Haar. »Tut es dir leid, dass wir nicht mehr Kinder haben?«

Oh je, wie sollte er darauf antworten? »Ein wenig vielleicht, aber ich bin auch froh, dass wir nicht noch mehr Mäuler stopfen müssen.« Er sah sie von der Seite an, versuchte, in ihrem Gesicht zu lesen, versagte jedoch kläglich. »Und du, hättest du gern mehr Kinder?«

Da blickte sie ihn an. Ein gequälter Ausdruck schlich sich um ihren Mund. »Ich glaub, ich kann kein Kind mehr austragen. Schon vor Weihnachten ist mir wahrscheinlich eins abgegangen.«

»Und du hast mir nichts gesagt? Warum?«

Ihre Schultern sanken herab. »Weil ich mir vorkomme, als wär ich dir keine gute Ehefrau.«

Mit der Mauer zwischen ihnen konnte er sie nicht in seine Arme ziehen, da nahm er ihre Hand. »Ach, Kathi, ich könnt mir kein besseres Eheweib wünschen.«

»Wirklich?«

»Ja, du kannst viel mehr, als Ehefrau und Mutter zu sein.« Er lächelte. »Was war ich stolz auf dich, wie du dem Rat als Schreiberin gedient hast. Aber ich wünsch mir auch sehr, dass du nie wieder so was Gefährliches machst, wie den Schergen des markgräflichen Wildhüters nachzustellen.«

Ihr Gesicht hellte sich auf. »Das hoffe ich auch. Und du musst genauso vorsichtig sein bei deiner Arbeit.«

»Bin ich doch immer, aber du hast mir nicht geantwortet. Hättest du gern mehr Kinder?«

Jetzt lächelte sie. »Wenn wir doch noch eines kriegen, freu ich mich, wenn nicht, dann bin ich auch zufrieden. Aber ich bete jeden Abend, dass der Herrgott unsere Ursel schützt.«

»Ich auch. Geh nach Hause, versuch, unserem Töchterlein, das so gescheit wie du ist, die Welt zu erklären, mit all ihren Widersprüchen.«

»Ich versuch's.« Sie küsste ihn.

In dem Moment kam, wie verabredet, noch ein Schütze herangetrabt. »Heimliche Liebschaft, oder was? Von dir hätt ich das nicht gedacht, Leinfelder.«

Kathi lachte und drehte sich zu ihm um. »Freilich, mit mir.«

»Ha, mit deiner Frau. Ja, dann. Wo soll ich mich hinstellen?«

Auch das hatte sich Max schon überlegt. »Beim Oberen Galgenhof. Da ist zwar nur ein Zaun, aber der verdeckt dich einigermaßen gut, und du kannst zwischen den Latten durchschauen.«

»Da bin ich aber ein ganzes Stück weiter weg, wenn was ist.«

»Dafür hast du eine lange Büchse und kriegst es mit, wenn aus der anderen Richtung wer kommt.«

»Was? Aber schießen soll ich nicht gleich, oder?«

Max schüttelte den Kopf. »Natürlich nicht. Wir wollen den Schurken fangen.«

»Gut.« Der Schütze lief zur umzäunten Weide.

Kathi seufzte. »Dann geh ich jetzt wirklich. Ein Glück, dass dieser Winter recht mild ist. Da hat es schon ganz andere gegeben, mit monatelanger klirrender Kälte.«

Max hörte ein Knirschen und hielt Kathis Arm fest, sah sich nach der Quelle um. Was konnte das sein? Endlich entdeckte er einen Mann, der mit einem Leiterwagen aus Richtung Plärrer herankam. Eine Ladung konnte Max auf dem Wagen nicht ausmachen, doch dafür war es schlicht zu finster. Auch Kathi hatte ihn bemerkt und ging in die Hocke, um sich im Schatten der Mauer zu verstecken.

Der Mann bewegte sich langsam auf den Galgen zu, schaute immer wieder hinauf zu den sterblichen Überresten des Pangratz Baumgartner.

War das der Schelm? Maxens Herz schlug schneller. Kurz vor dem Geviert hielten Mann und Karren. Max konnte sich kaum noch zurückhalten. Schließlich ging der Kerl um den Wagen herum und löste die eine seitliche Leiter, lehnte sie an das gemauerte Fundament des Galgens, dann zögerte er wieder. Sie war zu kurz. Das war anscheinend das erste Mal, dass der Wicht versuchte, einen Gehenkten zu bestehlen, sonst hätte er gleich eine längere Leiter mitgebracht.

Max schwang sich über die Mauer, bedeutete Kathi zurückzubleiben, und marschierte auf den Mann zu, ohne Alarm zu geben. »Was machst'n du da?«

Seufzend wandte sich der Kerl um, musterte ihn von oben bis unten, dann sagte er ohne jegliches Schuldbewusstsein: »Die Joppe von dem Baumgartner hätt ich gern.«

Jetzt sah Max, dass sich auf dem Karren Stoffe befanden. »Bist du Lumpensammler?«

»Ja, aber jetzt im Winter geben die Leut kaum was her. Selbst ein zerschlissenes Leibla wird noch unter einem besseren Hemd angezogen. Die warme Jacke tät ich selber noch ein paar Wochen tragen, bevor ich sie verkauf. Der Tote hat ja nichts mehr davon.«

»Hast du das schon öfter gemacht, zum Beispiel letzten Sommer beim Lenger?«

»Was? Nein, aber wie ich den ganz nackert am Galgen hab hängen sehen, hab ich mir gedacht, dass das eigentlich ganz vernünftig war. Der andere, sein Kumpan, hat sich wahrscheinlich vollgeschissen, sodass es die Diebe gegraust hat.«

Daran hatte Max noch gar nicht gedacht, aber das würde erklären, warum damals nur einer ausgezogen worden war. »Das ist trotzdem Diebstahl, und ich muss mir deswegen hier draußen die Nacht um die Ohren schlagen.«

»Willst mich jetzt verhaften?«

»Wo wohnst du?«

Er deutete den Weg weiter Richtung Sankt Peter. »Da vorn gleich in der Kate.«

In Sichtweite des Galgens ... »Und wie heißt du?«

»Ferdl Hinterseer.«

»Die Reichsstadt hätt vielleicht eine Arbeit für dich, nur gelegentlich.« Er blickte zum Galgen, dann schaute er dem Hinterseer fest in die Augen. »Aber ich müsst mich auf dich verlassen können.«

»Ja, ähm, was meinst jetzt genau?«

»Du kriegst die Jacke, und dafür hältst du heut Nacht und die nächsten Nächte Ausschau, ob irgendwer versucht, dem Leichnam das Gewand zu stehlen.«

Ein breites Grinsen verriet schon die Antwort. »Das ist ein gutes Geschäft. Hilfst mir, ihm die Jacke auszuziehen? Die Arme hat er ja auch noch hinterm Rücken gefesselt.«

»Erst musst du sie dir verdienen. Morgen komm ich wieder mit einer langen Leiter. Bei dem Frost bleibt er frisch. Und ich hol mir die Erlaubnis vom Rat.« Max reichte ihm die Flöte.

Nur zögerlich nahm der Lumpensammler sie. »Und wenn der Rat nicht einverstanden ist?«

»Dann zahl ich dir fünf Pfennig für jede Nacht.«

»Na gut, aber die Jacke wär mir lieber.«

»Glaub ich dir.«

Hinterseer besah sich die Flöte. »Und damit geb ich Alarm, wenn was ist?«

»Genau. Aber einschlafen darfst nicht. Wenn morgen der Leichnam nackt da oben hängt, dann kriegst du statt deinem Lohn ein Bußgeld.«

»Das ist jetzt aber gar kein so gutes Geschäft mehr!« Sehnsüchtig schaute der Lumpensammler hinauf zum Leichnam. »Hm, aber wenn du den Rat nicht überzeugen kannst, mir die Jacke zu überlassen, die er bestimmt eh gestohlen hat, dann mach ich deine Arbeit nur heut Nacht.«

Das Geräusch von vorsichtigen Schritten ließ Max über die Schulter blicken. Kathi näherte sich, hatte wohl verstanden, dass von dem Lumpensammler keine Gefahr ausging. Er wandte sich wieder dem Hinterseer zu. »Für dich ist es aber viel angenehmer, kannst dir deine Hütte heizen und alles.«

»Aber wenn ich einen Fensterladen auflassen muss, geht die Wärme schnell raus.«

»Machst halt nur einen Spalt auf.«

»Zehn Pfennig, wegen dem Holz, das ich zusätzlich brauch!«

»Aber nicht, dass du dann im Sommer genauso viel haben willst.«

Der Lumpensammler lächelte. »Du meinst, ich darf das dann jedes Mal machen, wenn einer aufgehängt wird?«

»Ja, so stell ich mir das vor.« Max hielt ihm die Hand hin.

Hinterseer schlug ein. »Aber du fragst wegen der Joppe.«

»Versprochen.«

Lächelnd setzte der Mann die Flöte an den Mund und blies hinein. Ein sanfter Ton erschallte, schwoll an und entwickelte sich tatsächlich zu einer Melodie.

»Schau an, du kannst das.«

»Freilich. Und wie blas ich den Alarm?«

»Drei scharfe Töne?«

»Ist recht.«

Max winkte den Schützen heran und erklärte ihm ihre Abmachung.

»Dann können wir heimgehen?«

Max überlegte kurz. Leichtsinnig wäre das schon, schließlich wussten sie nicht, wie zuverlässig der Hinterseer war. »Tut mir leid, du bleibst auf deinem Posten.«

Hinterseer musterte den Schützen, dann kratzte er sich die Stirn. »Magst mit zu mir kommen? Dann hast du's warm und wir können uns abwechseln.«

»Ja, so wird das was!«, rief Max in seiner Begeisterung und sah sich sogleich um, ob jemand in Hörweite herumlungerte, abgesehen von einer strahlenden Kathi. Alles ruhig. »Gute Nacht euch zweien.« Äußerst zufrieden mit sich und der Welt ging Max federnden Schritts zu seinem Weib. »Gehen wir heim.«

Kathi hakte sich bei ihm unter. »Du bist ganz schön schlau.«

»Einen dummen Kerl hättest du ja niemals geheiratet.«

»Stimmt. Dann kannst du mir jetzt helfen, Ursel die Welt zu erklären.«

Max wand sich. »Vielleicht sollte ich doch hierbleiben.«

Lachend drückte Kathi ihn an sich.

Nachwort

Der Fall des Pangratz Baumgartner ist historisch belegt, allerdings geht aus den Unterlagen nicht hervor, wie er in die Häuser der Patrizier gelangt ist. Da er tatsächlich in Nürnberg eine Lehre als Zirkelschmied oder Kompassmacher absolviert hat, habe ich mir die Freiheit genommen, ihn eine Art frühen Dietrich erfinden und verwenden zu lassen. Frantz Schmidt schreibt den Nachnamen des Delinquenten mit P, der Ratsschreiber mit B, vielleicht um eine Verwechslung mit der weitläufigen Nürnberger Familie Paumgartner zu vermeiden. Ich habe mich dem Ratsschreiber angeschlossen, um meinen Leserinnen und Lesern die Unterscheidung zu erleichtern.

Tatsächlich galt im 16. Jahrhundert der 27. Dezember noch als dritter Weihnachtsfeiertag. Die Verhaftung der Apollonia Hoffer wegen Hexereiverdachts wird in einer inoffiziellen Quelle erwähnt, taucht aber nicht in den Ratsprotokollen auf, deshalb habe ich mir ihre Geschichte weitgehend ausgedacht und sie gleich einer guten neuen Herrin zugeführt.

Meine wichtigsten Quellen waren die folgenden:

Hinrichtungen und Leibstrafen. Das Tagebuch des Nürnberger Henkers Franz Schmidt, herausgegeben von Geschichte Für Alle e. V. – Institut für Regionalgeschichte, Nürnberg 2013.

Die Henker von Nürnberg und ihre Opfer. Folter und Hinrichtungen in den Nürnberger Ratsverlässen 1501 bis 1806, herausgegeben von Michael Diefenbacher, Nürnberg 2010.

Joel F. Harrington: *The Faithful Executioner*, Farrar, Straus and Giroux (19. März 2013), auf Deutsch erschienen unter dem Titel *Die Ehre des Scharfrichters: Meister Frantz oder ein Henkersleben im 16. Jahrhundert*, München 2014.

Hermann Knapp: *Das Lochgefängnis. Tortur und Richtung in Alt-Nürnberg*, Nürnberg 1907; Neudruck hrsg. von Geschichte Für Alle e. V. – Institut für Regionalgeschichte, Nürnberg 2011.

Mitteilungen des Vereins für Geschichte der Stadt Nürnberg, hrsg. vom Verein für Geschichte der Stadt Nürnberg, verschiedene Bände.

Andrea Bendlage: *Henkers Hetzbruder. Das Strafverfolgungspersonal der Reichsstadt Nürnberg im 15. und 16. Jahrhundert*, Konstanz 2003.

Briefwechsel zwischen Balthasar und Magdalena Paumgartner, 204te Publication des Litterarischen Vereins in Stuttgart, Tübingen 1895.

Nürnberg im März 2021
Edith Parzefall

Über die Autorin

Nach dem Studium der Germanistik und Amerikanistik in Deutschland und den USA arbeitete Edith Parzefall in der Softwarebranche. Wer sonst stellte zu Anfang dieses Jahrtausends promovierte Geisteswissenschaftler ein?

Als Schriftstellerin verbindet sie gern ihre zwei Leidenschaften: Schreiben und Reisen. So verfasste sie nach dem Besuch eines brasilianischen Straßenkinderprojekts ihren Thriller *Die Streuner von Rio*. 2008 begab sie sich mit ihrem Lebensgefährten auf eine Reise durch die Atacamawüste. Als die beiden in ihrem Mietwagen zwischen zwei Lastern eingequetscht wurden, entstand die Idee zu *Knautschzone: Zwischen Sein und Schein*. Die *Adventure-Trek*-Trilogie wurde durch Wanderungen in den Alpen inspiriert. Zusammen mit Kathrin Brückmann verstieg sie sich dann auch noch in fantastische Gefilde, in denen *Der Eierkrieg* tobt.

Ihr Krimi *Germknödel in Burgundersoße* nimmt seinen verhängnisvollen Verlauf dagegen in heimatlichen Regionen. Für ihre Romane über *Meister Frantz*, den Henker von Nürnberg, die im 16. Jahrhundert spielen, tat sie sich schwer, einen Zeitreiseveranstalter zu finden, also begnügte sie sich damit, den Zeugnissen in der Nürnberger Altstadt nachzuspüren sowie Museen und Bibliotheken zu durchforsten.

Ihre historischen Romane über die Zeit des Dreißigjährigen Kriegs geben ihr allerdings hinreichend Anlass, in ganz Europa Museen und Schauplätze zu erkunden. Böse Zungen behaupten, sie habe die Reihe *Druckerschwärze und Schwarzpulver* nur begonnen, damit sie sich wieder in der Weltgeschichte herumtreiben kann.

Printed in Great Britain
by Amazon